中国梦

辛铭 著

作家出版社

目录

序

吉狄马加

在当代诗歌中，政治抒情诗一直占据相当主流的地位，其浪漫主义和革命理想主义色彩，堪称一道亮丽的诗歌风景线。政治抒情诗兴起，与新中国的成立密切相关。后来在不同的历史时期，都产生过许多优秀的政治抒情诗，这些诗歌极大地鼓舞了人民建设新生活、创造新世界的热情。可以说完全是生活和现实的客观需要，政治抒情诗才应运而生。

近年来，在习近平总书记文艺思想精神的指引下，我国的政治抒情诗又有了新的复兴势头，一大批歌颂这个伟大时代和现实生活的诗歌不断涌现。辛铭的长诗《中国梦》就是其中很有代表性的优秀诗作，该诗在中国作协主办的重要刊物《中国作家》首发后，就在读者中和诗坛上产生了较为广泛的影响，许多评论家都认为这部长诗是当下中国政治抒情诗创作的可喜收获，《人民日报》《党建》等重要报刊，也都先后选载和部分刊登了这部长诗。总之，这部政治抒情性诗歌所获得的成功，实际上是由于它集中表达了中华民族的共同心愿，那就是要在以习近平为核心的党中央的坚强领导下，真正实现中华民族伟大复兴的中国梦。2012年11月29日，习近平总书记在参观《复兴之路》大型展览时说道：中华民族的昨天，可以说是"雄关漫道真如铁"；中华民族的今天，正可谓"人间正道是沧桑"；中华民族的明天，可以说是"长风破浪会有时"。用了三句诗概括了中华民族的昨天、今天、明天，并提出了他的中国梦，认为实现中华民族伟大复兴，就是中华民族近代以来最伟大的梦想。

习近平总书记关于"中国梦"的阐述，激动了千千万万华夏子孙。中华民族有一个共有的"中国梦"，具体到每一个华夏子孙，每一个中国人又都有自己的中国梦，如何实现一个人的梦与一个民族的梦的高度重叠，我以为辛铭的长诗从诗歌和另一种精神的纬度对中国梦做了很好的阐释。《中国梦》主要包含了三部分，即《中国梦》《丝绸之路——"一带一路"畅想曲》《大道小康》，这三部分又是统一的，它们都是"中国梦"这一主题下的创作，都是为了实现个体与共体同一的梦想。辛铭由个人而推及整个民族。曾经，我们个人和民族都是迷惘的，"失去了翅膀的鸟儿不再飞翔／失去了母亲的孩儿犹如稻草／我在分辨不清的色彩里张望着／在风雨交加的夜里叹息着"（《中国梦·一》）"这个斑驳陆离的世界，风吹着／来来去去的人们，生和死每天都有"（《中国梦·五》）"谁能／从死亡的罗布泊地带／将我们回归"（《中国梦·七》）；我们曾经愤慨，"我笑，笑那些吞噬民族的、国家的／血液和骨肉的蜂蛹蛀虫"（《中国梦·二十四》）；但我们仍然充满希望，"如今我抛弃旧日里的梦魇／窥见了美好的真理，内在的自由"（《中国梦·十》）；最终，个人的愿景与民族的乃至世界的愿景合而为一，"中国的梦也是世界共同的梦／曾经辉煌的从前的也是现在的'一带一路'／经过时光的流逝又一次充满了浪漫与希望"（中国梦·四十六）"为在黎明将梦带向太阳升起的地方"（中国梦·四十八）"一个人的命运，许多人的命运／一个人的国家，许多人的国家"（中国梦·六十八）。

　　"中国梦"的产生，有时代必然性，但又根源于我们民族的伟大理想，尤其是习近平总书记提出的"一带一路"倡议，堪称"中国梦"的最宏伟蓝图和行动实践，2013年10月，习近平总书记提出"一带一路"的战略构想，从历史发展的角度，融通古今、连接中外，赋予古老丝绸之路以新的时代内涵。2017年5月，"一带一路"国际合作高峰论坛在北京召开，"一带一路"成为中国推进全球化、东西方合作共赢的重要举措。《丝绸之路——"一带一路"畅想曲》让我们更直接地看到了诗歌与时代的关系，诗歌在新的时代所面临的向外的问题。古丝绸之路是我们的历史文化遗产，新丝路精神将成为未来人类文明前进的新动力。构建人类命运共同体，得到了全世界一切爱好和平、珍惜当下人类发展环境的大多数国家和人民的广泛响应和支持。

　　《大道小康》描述了人们为实现"中国梦"的伟大理想而努力的"中国故事"。诗中表现了一群人鲜活的"故事"，他们或是人民公仆，或是百岁老人，或是音乐指挥，都有着自己的中国梦，并一直坚守着，用自己燃烧的激情，为人民、为生活铺出一条光辉而又平坦的大道。人民的利益是我们一切工作的出发点，在实现小康的道路上以人为本是至关重要的，诗中为我们展示的那些为民着想的公仆形象，具体可感，令人动容，"道路上有些清冷，如同梦的衣衫／但，这是大地也是我们的生命啊""在大地的永恒中有我们瞬间的人类／那里葬下了被风尘磨损了的青春""一个人代表一个国家庄严宣告：／每一个人都有自己的一个中国梦／每一个人都有自己的一个长征／每一个人都会实现自己的中国梦／每一个人都能走好自己的长征路"（《大地》）。《伊犁·察布查尔·薛维长》中讲述了书记薛维长的事迹，以对话问答的形式表现了一位好书记的公仆形象。"一个个体的人将他自己融入一个群体／现在，他葬在生长着茂盛的庄稼的这块土地上／这大地的生命，这大地的果实／大地底下永恒的生息"。诗人借诗的语言道出了对这位人民公仆的怀念，他的歌颂不是拔高的抒情，而是有思考、有附着，让你读了能产生共鸣。《源泉》中诗人想象梦中"羊书记"的女儿喊父亲的画面，从一个女儿的角度把亲人间生死相隔的悲伤表现了出来，这不难看出诗人内心的痛以及对生命本质的思考。

　　读完《中国梦》，我深受感动。把一个人和他人、民族、世界联系到了一起，是这首长诗很明显的一个特征。在诗里，个体和群体的"中国梦"连着过去、现在和未来，融通个体与群体、民族与国家，有中华文化的传统，有社会主义新的实践探索，有我们的党绘制的宏伟蓝图，有中华民族复兴的伟大理想和奋斗目标，这样的写作无疑是有雄心、想象力和创造力的写作。今天的中国需要更多这样有精神、有深情、有力度、有诗性的作品。

　　辛铭有着开拓的视野，从诗歌里古今中外的典故和意象以及时下最新概念"辽宁舰""C919""雄安新区"等都能看到，这是辛铭丰富的人生经历和生活感知力的体现，他以旁观者的角度观察周围的事物，深入生活内部，用内心的体验抒发自己澎湃的情感，给我们的感觉是宏大的、壮阔的。但辛铭却并不总为我们营造这样宏大、紧张的氛围，他也展示着他的细微淡然、平静并热爱生活，"我会回来，站在村口的那棵老槐树下""我会回来，睡在夏日里的打麦场上""还会在吹着黄沙、飘着盐碱的土地上／种植一棵在三月里开花儿的桃树"（中国梦·六十二）。这里的表述平缓顺畅，情感自然流露，表现出了他对生活的热爱，朴素而又美好。

整首长诗可圈可点之处很多。比如《为了你，我收集沙漏后的雨滴》为我们描绘了一幅壮阔丰满的图景，里海、西域、波斯、喀什噶尔；青铜石器与漆器、驼铃、帆船、坎儿井、大运河；张骞、班超、霍去病、玄奘、郑和、马可·波罗，诗人仿佛绘制出一张巨大的抽象画，把具体而微、似乎能够触及的事物清晰地展示出来，包蕴着中华民族悠久灿烂的文化。《我穿过走廊，穿过漫长又古老的丝绸之路》《一条河流，一派大海》等都是类似有着宏大场面的作品，这也直接反映了诗人深厚的文化积淀和丰富的人生经验。"风吹雪：冷了的唇，寒了的齿／高处响彻夜光中的碰杯声／我和昏迷的月亮在天山脚下行走"（《缄默里的我终将融化成》）。这样的句子有着独特的美，诗人新奇的想象和所创造出的意境，也是令人难忘的。

这首诗最可贵之处，是将个人的梦想与民族的梦想融合得非常完美。诗集中提到的"一个人"，可以是国家领导人，也可以是诗中讲到的百岁老人、音乐指挥，可以是工人、农民，也可以是你和我。把"一个人"和民族、国家融合到了一起，他的思考就不是小众的，而是大众的、民族的，是生命的，是现实的，也是未来的，这种深刻的认知使得这部诗集有了涌动的力量，仿佛是不断流淌的河水，注入到每一个生命的身上，又汇入大江大河，乃至时代和世界的大海。实现"中国梦"，本质上就是要国家富强、民族振兴、人民幸福，这既是民族的梦想，也是每个人的梦想。

当然，即使再成熟的诗人，在驾驭一部长篇政治抒情诗的时候，都难免会出现虚实处理上的欠缺，辛铭也有这方面需要斟酌的问题。整部诗歌场面宏大、篇幅较长，要表达的情感本质上又是统一的，那么在叙述的过程中也难免出现虚大于实的现象。而意象的过度密集，多处排列上的过度紧凑，都会给读者阅读时造成心理上的紧迫感，削弱了诗歌的表现力。但瑕不掩瑜，我认为这部诗集的确是近年来政治抒情诗的一个优秀之作，为此，我要向辛铭表示祝贺。是为序。

2017 年 7 月 21 日

红船

　　1921 年 8 月初，中国共产党第一次全国代表大会在浙江嘉兴南湖的一条游船上胜利闭幕，庄严宣告中国共产党的诞生。这条游船因而获得了一个永载中国革命史册的名字——红船。

　　2005 年 6 月 21 日，时任浙江省委书记的习近平同志在《光明日报》上撰文，论述了以"开天辟地、敢为人先的首创精神，坚定理想、百折不挠的奋斗精神，立党为公、忠诚为民的奉献精神"为深刻内涵的"红船精神"。"红船精神"作为党的精神财富的重要组成部分，具有超越时空的恒久价值和旺盛生命力。今天弘扬"红船精神"，就是要从中汲取思想力量，更好地肩负起时代重任，以"干在实处永无止境，走在前列要谋新篇"的心劲再起航。

——题记

我的国家

　　现在，让我们坐下来，回到原来的座位上，回到初心。不忘初心这个词一旦被提出来，就产生了一种滤光的效应，或是信念，或是信仰的力量。当然，这可能会延伸到人生观、世界观，也包含了价值观。观念的形成具有着它的过去性、成长性，是一个从边缘走向中心的迁徙过程，也是追求梦想并为之奋斗的过程。之后，有了因果关系，有因有果。其因其果蕴含了，或者隐含了许许多多的东西，有个体的、群体的，有狭义的、广义的，有责任的和选择性的，包含生活的、职业的，以及自我完善的、无法完善而被改造的。正是这种因果，成就了个人财富和社会财富。从某种意义上讲，它们将继续呈现一切关于人类的过去、现在和未来。

　　现在，请让我们站起来，离开激情，也离开沉思，你可以跟着目光中的脚印去发现，穿过河西走廊抵达祖国西部最偏远也最辽阔的草原，可以带上些许的忧伤和被拒绝的爱的寂寞。然后进入我们极为日常的生活，进入记忆和梦想的轮廓，去感受那些令我们深深感动的事物。在有序事物的宁静气氛里，在伊犁河的左岸、右岸，沉醉在明净的梦幻里，我们走下去，一直向前。我们真诚交谈。你可以信手打开你手上的这本诗集，任你翻开书页，随心所欲地阅读这一行或是那一行。如果，你在某一处听见了你自己的声音，我会很愉快，如果你没有认出你自己的声音，那是我的问题。但不管怎样，我们总会在诗篇中相遇。

1

嘉兴南湖，水面上的风，轻轻一吹

我的双眼如同两只敏锐的鹰隼

在苍苍茫茫的无边无际的湖面上飞翔

即便有更大风暴惊涛骇浪

我们也能听到狂风巨浪里的鸣叫

一条船，行驶在无法靠岸的湖面

大地显得更加的空旷，荒无人迹

仿佛是昨天清晨里才开天辟地

随着波浪滚滚而来的声音

那便是曾经初心的誓言

一直以来都在开拓创建

东方伟大的挪亚方舟

一个伟大的梦想

只此一条船从一条漫不经心而又流过原野的河流上

留下咆哮的光辉历程，讲述的生动的故事浮现湖面

并且为更为遥远的未来谱写了新的篇章

2

在这苍茫的荒凉的空旷的湖面上

留下了源于初心的波涛痕迹

走过了曾是多少块荒无人烟的土地

爬过了曾是多少座银装素裹而又寒冷的雪山

越过了曾是多少个重峦叠嶂而又空寂的沟壑

穿过了曾是多少炮火连天、枪林弹雨

在这块大地上书写气壮山河的诗篇

让处在桎梏之中的中华民族

从笔筒中抽出利剑

在猛兽和豺狼的土地上

显示出充满活力，坚强而不畏惧的斗志

经过了无数次的失败，无数次的悲痛与希望

无数张脸孔都是中华民族的纪念丰碑

3

在这片苍茫茫的泛着浪花的湖面上
孕育蕴藏着汹涌奔腾
如同辽阔草原上的马群
奔跑，奔向太阳临照的大地
穿过森林，穿过岩石，穿过河流，行驶在湖面
一直朝着曾经的运河，首都北京的方向驶去

4

我们来到南湖，老远老远就看得见，那一条船
停泊在湖心烟雨楼台下的画舫
它静静地停泊在南湖的水面
满载勋章的红船闪烁着智慧的光焰
吸引着观光者的双眼，每个人都屏住呼吸

5

红船精神的高地上旗帜飘扬
闪烁着民族复兴、富国裕民的思想
那是一些清心寡欲意志坚强的人
那是一些有着高贵灵魂的人
一个国家和一个民族有了这样的精神
这个国家就不会再喧闹和争吵
这里的人民就活在仁爱和自由的幸福里

6

犹如大地上的一条巨龙，穿梭而过的
一列高铁，在青山绿水间驶向更加灿烂的远方
一路上的田野，一路上的村庄，一路上的城市
大地是如此的气象更新，如此风光无限
仿佛是昨夜今晨刚刚才建起的新天地
随着汽笛声而疾驰的"复兴号"
我们已奔向伟大中华民族复兴的时代

这就是我们全体人民的中国梦
从那条红色光火的船开始
我们便可见到东方天空里一轮红日升起
照亮大地，哺育万物，温暖人间
满载着快乐幸福的列车报以春晖般的甜蜜
犹如相逢在那曾经的梦里
倘若从遥远的一条船驶向海洋
蓝色港湾里就会停泊更加远航的舰船

7

太阳，是我们梦想开始的地方
无论夜有多深，我们都相信
太阳总会升起，如一颗烧得通红的初心
然后，托起那个时刻燃烧的青春
然后，我们紧跟着太阳的步伐
认识光亮，缔结生命，吾国吾民
进入另一种时光，星光灿烂下的夜晚
通过遥远静谧的宇宙开始，拢住普照大地的光
麦浪滚滚，玉米抽穗，稻谷灿烂，瓜果飘香

8

慷慨的大地与江河献上四季的青山绿水
和我们一起走过所有的节气，混沌初开
在开花与结果的时空中最终的融合
焕发光彩，将金山银山献给一切勤劳的人民

9

是大地哺育了我们，谷物芳香
是大地滋养了我们，意志坚定
我们居住在诗情画意的大地上
是大地幸福了我们，美丽了我们
我们的脸上洋溢着欢欣的光彩

双眸跳动着喜悦的神色
我们正从来时的那里继续前进
正在响起的铿锵脚步
正在谱写大地的史诗
青春正追逐着梦想
一个时代的赞歌，包括一颗伟大的心灵

10
一个诗人的目光穿过　红船和风韵
眼望着的岁月与平静的南湖
思绪如潮　如滔滔不绝的钱塘江水
没有哪一座山可以挡得住河流
没有哪一段岁月可以挡得住时间流逝
一切的长河流向一去不返
一片的汪洋大海汇聚了我们梦想中的一切
一切的诗歌，一切的音乐，一切的细语
一切的一切都是掠过我们面孔的浪花
是散落在岁月时间的一片片树叶，一朵朵花儿
那里藏着梦想曾经有过的和已有的　梦想
如我们读过的一首朦胧的诗
夜里或是清晨的一次迟疑　或者
向远方的一次眺望　梦的飞翔
飞出小小的心房，飞过落日下的鱼米之乡
广袤的大地和辽阔的大海
看到更远的远方多么美好可爱……
步入今夜里，闪烁着的神圣
一个诗人，以他连绵不绝的泪水
一如大海，汇聚，如水的鲜花
透过花丛，展望母乳般的天空

中国梦

你以一个中国人的博大情怀
和你的质朴与和蔼可亲的笑容
正在迎接人类宏大的心灵之光
你已经听见了你自己的也是人民的心声
已经与一切心灵融为一体　为了　初心不忘
为了万物之爱，无论大地、天空，还是海洋
你屹立于东方美丽的世界之上
将一切人类梦想的精气凝聚在一起
以从来就有的誓词和神圣的庄严
以真诚的一位骑士，对于中国，对于世界
以你所引导的梦的灵魂　放飞心灵
向中国问好，向世界问好，向人民问好
然后发出你的声音　中国的声音
那是一个真实的、可信的、多彩绚丽的
一直永存着的中国人追梦的声音
是中华民族实现伟大复兴的中国梦

——题记

我的国家

　　我们在一起行走，当然是在相遇后。我们在相遇后的清晨或是黄昏去看一次黄褐色断垣岸然俯瞰着一片辽阔的荒漠或是蛮荒之地，唯有那道光会跟着我们，游荡的风会继续。包围我们的是潜伏在风里的寂静，是被风散落在地上的沙尘。而对于我们所凝望的，我们一无所知或所知甚少。我们可能会沉溺于幻想，猜测北庭宫殿里迷失皇帝的风沙，另一片藏匿在一片沙子下的海洋，那是大约多少个世纪之前、之后。是时间一直主宰，为我们开凿。时间在一切之上。像崇山峻岭。又从忘记开始，又从零开始。时间像树叶一样一片一片地生长，而后又从它自己的枝头上一片一片落下。

　　现在，让我们轻柔地嘘口气，让它将我们穿透。让我们的呼吸循着时间的去向，或游历大地的四面八方，在塔克拉玛干沙漠边缘眺望曾经的绿洲或海洋。或看到一座海市蜃楼的城，或望见在太阳下穿越的古老驼队。航行在海洋上的帆船。沙漠的气息和海洋的气息扑面而来，一个瓜农在沙地上摘下他所种的西瓜，堆成山一样的西瓜足以包含瓜农全部的红心。很快，熙熙攘攘的集市上会有他的身影，用他粗笨的手指，用一杆秤称量他的全部心血。一沓钞票，一种凝固的喜悦。让我们来思考一下瓜农的生存状态、生命意识，有什么、没有什么，其中有多少辛酸和忧心忡忡，有多少甜蜜和满怀憧憬。我们可以拉长无限的思量，由想象和意识，抑或是猜测所编织。

　　沙地上落下黄昏时蹭着西瓜的一片光

　　一缕光穿透一顶草帽落在瓜农的鼻尖

　　一片片瓜叶打上了寂静的露水

　　只一张逐渐隐去的脸

　　一个个滚圆的瓜都闪烁着黑夜里的光

如梦令 · 序诗

　　昨夜东风雨，梦随风月化春风，千树万花，又还今朝。风来，雨过，遍地光阴细碎。三分醉相，七分泥土。风也，雨也，风雨同行。柳絮已尽，垂垂欲滴。伊人已入梦乡，金芳盈盈，故园繁花似锦，寻梦千里万里。又见汉宫，嫦娥奔月，丝路花雨落下人间。朝阳飞跃安西月，梦入阳关，繁星满天际，远驰昆仑行进西域，千年梦，舞雄狮，如今不是梦，一带一路，共筑中国梦。

一

001　摊开一张胡麻籽油煎的蛋饼
　　在浓厚的醇香里，舔着舌头
　　回忆起燃烧的橙色的火焰
　　迷离地汩没在痛苦与欢乐之间
　　失去了翅膀的鸟儿不再飞翔
　　失去了母亲的孩儿犹如稻草
　　我在分辨不清的色彩里张望着
　　在风雨交加的夜里叹息着
　　匮竭的梦洒落落满麦穗的田野里
　　只一次，就够，和醒着的稻草人
　　一起迎接雨过天晴时的一道彩虹
　　透明的云彩飘飘悠悠，在梦想的眼里
　　飘过，另外的颤抖的两片雪花
　　会在寒风刺骨的凛冽中揉搓冻红的手
　　大口吸入被西北风吹冷的空气
　　沿着走廊，行走，又如梦的羽翼或一片羽毛
　　一次痴迷的渴望一趟臆想中的远行
　　在我的迷蒙的如沙尘的时辰
　　我会期待一次不期而遇的天空

二

002　梦的灵魂失色失语失忆
　　　像一个梦游者惘然不知的梦
　　　好像是一个穿着油腻棉袄的男孩子
　　　脚底板下踩着白花花的盐碱滩
　　　受伤的翅膀扑打着空气中飘浮的咸涩
　　　望见被荒芜了的土地和折断的麦穗
　　　透过迷惘的眼睛缝隙　在守望的黑夜
　　　看见自己僵硬地躺在大地上
　　　一张麻木的脸在歪曲地笑着
　　　刺透贯穿痴迷和渴望和瑟瑟发抖
　　　穿过没有是非没有爱憎的荒芜
　　　穿过黑灯瞎火的走廊

003　我穿过走廊，穿过墙
　　　穿过自己的躯体
　　　寻找着若有所忆的记忆
　　　贫瘠的大地和贫瘠的语言
　　　还有黑色天空里乌鸦的一片嘶哑
　　　以及和自己一起睡在白雪皑皑的土地上的兄弟
　　　还有吹着唢呐的一个道士
　　　呼啸的黑风和狂暴的黄风
　　　以及冻僵在田地上的土豆

004　我看见流血的肉体正在支离破碎
　　　看见悲伤和荒凉和被缠住的风筝
　　　看见我的身体里正在生长的生命
　　　在冰雪霜冻的清晨冻僵
　　　我满目疮痍的年华在空中飞翔着
　　　想要穿过月色照耀下的云层回家
　　　渴望在母亲的怀中酣然入梦
　　　心满意足地喝上一碗香甜的南瓜粥
　　　视同归来时的一次犒劳

三

005　梦想的一天，从哪一天开始
　　二十四小时里的这一天，梦想的一天
　　洒着金光的和裹着银光的
　　时光流逝，一串生动的画面
　　许多的云彩落在睡眠的翅膀上
　　可以聆听交相交迭的声乐
　　幽光里，画满画框里富有传统的图形
　　托着腮帮子，斜着身体
　　独享着温馨而甜蜜的梦的抚摸

006　当一场倒春寒袭来
　　灿烂的雪花落满花的枝头
　　匆匆的脚步踩着热血的呻吟
　　屏住呼吸生怕惊扰睡梦里的花蕊
　　把装满的梦寄予花枝招展
　　让花朵穿过我们疼痛的躯体　在
　　刚刚愈合的伤口的血液里绽放
　　和所有的梦一同随行
　　留下呼吸时我们的一串串脚印
　　和激情燃烧的青春岁月

007　梦想，生命中与青春做伴的事情
　　所有的一生都已是梦想的源泉
　　梦想将会主宰并将生命　融为一体
　　会流泪，会流汗，会流血，会真实抑或会有虚幻
　　但，从梦想开始的那一天　只要有梦
　　梦想会在灵魂中生长　如闪电把夜空刺穿
　　会滋养眼中含着的每一滴眼泪
　　凭借纯洁以梦想的力量获得光华

四

008 行走，穿过，返回，出发
      太阳，月亮，春夏，秋冬
      我走进自己的梦境　一次新的转身
      一个世界，一朵玫瑰，一则记忆的寓言
      一堵墙，一面镜子，一张缄默的嘴巴
      满眼里的太阳　摇晃的光芒
      嘹亮的旷野之歌　抵偿健忘的
      金色的麦穗摇曳　或一朵毛蕊花
      日光下的收获　或一朵蒲公英
      或镰刀之光　或一缕米线
      我看不见网络　或一只蜘蛛
      却看见了一些破碎的陈旧的和胡乱的尘埃

009 一声叹息，一次遗失、自闭症，怪物
      流离失所，泥土、尘埃、煤屑、虚掩的门
      欢笑和眼泪的梦想，拥抱着的孤独
      一个大蒜，一个土豆，一粒小麦，一棵苞谷，爱国菜
      千万大厦、棚户区、石头墙、栅栏、山谷里的
      茉莉花，一地香气的油菜花，土地的梦想

010 一种抽象，一种感触，另一类的孤独
      青春的青苔就像一只只蜉蝣，模仿者的手
      茉莉花，一地香气的油菜花，土地的梦想
      那一颗血肉之躯的心，许多颗心
      从梦到梦，从回忆到回忆　一团糨糊
      珍珠，溃疡，汲取食物营养的糜烂的胃
      灼烧着做梦的人，梦想而已
      我听到了梦的声音来自充满梦想的土地

五

011 这个斑驳陆离的世界，风吹着
来来去去的人们，生和死每天都有
军演、导弹、反恐、争端、政治和谈
传说、段子、戏剧、冰冷的甲板、战争
歌声、冲突、道路、信念、咒语、信仰
层层叠叠的雪花、风沙和暴虐的洪水
矿和矿物质、岩石和页岩气、石油及动力
风，继续着她的蕴含，耕织秘密的种子
在岩石的喀斯特地貌，在肥沃的巴音布鲁克草原
风的语种在健忘的特征里繁殖，在
杂草丛生里，分辨那有毒的无毒的"花"
高贵的和卑贱的，宁静的和粗野的

012 这个喧哗而又浮躁的世界，雾霾着
人们，只有穿过厚厚的云层才能看见太阳
戴着口罩或是面具去寻找人们自己的家园
人们，每一个人的心似乎都被雾霾了
被裹在了厚厚的"包裹"里
被遥寄到盲目之外的云端里
被遥寄到被人遗忘的森林里
人们自我的心灵形同一体
正在成为一次哺乳时期的记忆
正在成为看不见摸不着的盲点
一如眼泪里细细的沙子
一如被雨滴击打出的泡沫
一如混凝土和钢筋的烂尾楼
一如鄂尔多斯的不眠之夜
一如辽阔

六

013　我沿着河岸，在青春的草原上散步
　　辽阔而又辽阔的天空填满了梦想
　　我所畅想的如壮丽山河一样壮丽的梦
　　正披着朝阳的霞光、云的衣衫
　　多少的梦想吹拂跳跃的风
　　迷醉原本的英雄本色

014　我转过身，迎着火焰看见
　　一根不经意的火柴点燃的光
　　我看见时间的和空间的轮廓
　　有如黑天了以后空落落的张望
　　又如繁星满天时，喀拉峻草原上的叠影
　　我孤身一人的悲伤并不属于我的灵魂
　　风吹雪，雪的芳香，诠释一切合欢
　　如果失去人心，如果人心失去本性
　　河流会枯竭，树木会干枯，大地会颤抖
　　人类将是一座睡眠的不醒之城

015　我来自一条走廊，牛车和毛驴
　　夜晚的露水和牲畜的繁殖
　　我梦见过一列疾驰而去的火车
　　和黑暗里闪着火星的烟尘
　　遥远的核桃树和雨的颜色
　　我想到的桃披着长发寻找天空
　　我已穿过了我的河西走廊
　　雪花、黄沙、黑风吹颂下的天穹
　　星星峡亮晶晶的繁星在燃烧
　　一切的梦向着远方砥砺前进
　　一切的远方都向着梦的灵魂召唤

七

016　我无数次穿过我的河西走廊
　　我不会忘记穿过繁星闪烁下的星星峡
　　我不会忘记酷热中克拉玛依的井架
　　和穿过时的恐惧与出发时的梦境
　　我在哈哈大笑中醒来　唱支歌儿
　　捂着胀满的胃擦拭眼角的泪
　　脸上挂满了一层深灰色的油腻的污垢
　　像昆玉河河岸上失水的落满风尘的一块玉石

017　我无数次穿过不同星空下的大地　我已经
　　忘记了一起唱歌的"花儿"、一块喝大酒的兄弟
　　和那些交织在一起的一次次灵魂
　　闪电中的天空，倾盆大雨里的青蛙，一只长腿蚊虫
　　和一座广场上盛大活动的仪式　我已经
　　忘记了我的姐妹，亲戚，以前的朋友
　　和一次有仪式的订婚典礼以及风吹雪的
　　夜晚：一只老鼠和穿着披风的一个女人
　　黄昏：一片森林营地里的一顿野餐和变形
　　清晨：一头牛和一个人的行走和离开

018　岁月，如一片片的树叶落下，落入
　　我们空寂、荒芜的心田，又
　　穿透我们所有的记忆和呼吸
　　又在我们自身那里丢失自己
　　除了躁动、不安或在悬崖处睡眠
　　谁还能唤醒千年的灰封尘埋中
　　孔雀河畔楼兰少女的眼睛　谁能
　　从死亡的罗布泊地带
　　将我们回归

八

019　　我无数次地穿过我所有的梦境
　　　　回到阔别已久的我的家乡
　　　　眼睛里饱含着盐碱滩上咸涩的泪水
　　　　怀中揣着抽了穗的快要熟了的玉米
　　　　在一场大雪后的清晨捕捉童年的麻雀儿
　　　　我穿过我的沙尘弥漫的河西走廊
　　　　眼睛里装满了细碎的沙粒和
　　　　黑河两岸杨树开花飘飞的绒毛
　　　　我呼吸着走廊里哗哗作响的风声
　　　　倾听躲在门后背后谨慎的细雨

020　　1965—2017 年麻点般的岁月年轮
　　　　如石磨磨出的燕麦片
　　　　我会坐在长安某一处的大雁塔下
　　　　观望车水马龙的时代节奏
　　　　也会想到十分遥远的河西走廊
　　　　在飘散着夏季颤抖的日光中
　　　　一道闪亮的白光刺过厚厚的云层
　　　　一群蹦跳的蚂蚱，正午的炽热
　　　　和饱含梦想的目光与嘴巴
　　　　我爱过走廊里的一棵沙枣树
　　　　我爱过走廊里的一棵大白菜
　　　　我听过走廊里傍晚发出的一声长叹
　　　　一家人围坐在热炕上幻想的过去
　　　　和现在我一个人遥远的梦想
　　　　一串串的梦幻与梦想的身体
　　　　睡梦中悬挂眼帘里的冰凌
　　　　飘带一样的河流，针一样细的风
　　　　苞谷地里的一堆野火一件浸透汗渍的布衫

021　　飘然而至的一片树叶
　　　　突如其来的一粒雪花

九

022   我穿过了长长的走廊
       黄昏的沙粒四处展望
       另一个风暴里风吹成碎片
       披挂着的丝绸，大风的预警
       眺望天山下的美丽草原
       直到鸽子飞出多彩的马群
       然后，一颗葡萄，一粒花瓣
       金银花和慕萨莱思，记忆的玫瑰
       一枝橄榄　一棵无花果　两只蜜蜂

023   玫瑰和牡丹是血染红了的或
       是红得发紫了的、栩栩如生的
       是诗人的嘴唇上悄悄生长的
       吐鲁番的葡萄和唇齿磕碰

024   眼睛一亮，繁星满天今夜星辰
       在梦里梦见了一缕丝线，看见了
       目光里的母亲，欢欢喜喜
       以她罕见的、动情的、柔美的身躯
       把我们孩提时代的梦留在了人间
       请我们记住吧，记住，母亲和儿女们的本性
       如：云彩、河流、山川、湖泊、空气、阳光
       以及炫目的幸福和修剪过的记忆
       温暖的家园，黑土里的六瓣蒜
       辽阔的草原和旋转的木马
       一朵草莓，光阴里的冷水鲤鱼
       一颗心，用一双眼睛抚慰

025   风在云端，我在泥土　梦在远方
       沙砾遥望着月亮，目光里格外忧伤
       一曲人间的独奏，一个生命
       小心翼翼地坐在一棵沙枣树上
       那里闪烁着红溜溜的沙枣诱惑的甜香

十

睁大自己的双眼　有另一片天空
跟着曙光的脚步行走　有另一种阳光
看那浪漫的无边无际的梦
阳光下的土地，向日葵与粪土后
源于自身的营养　疗伤或是休憩
时间之后为后人留下遗产和
先人们的气息，循环的淋巴
依旧有着血液和流淌的味道
那瞳孔里祖国的河流山川
交错出编织好的梦，一如往昔
当祖国的天空散尽硝烟
隔着玻璃却看不清我们彼此
眼睛的内心里在渴望雾霭散尽
因为，我们生活在东方的阳光之下
那里便成了我们生命的春天　生活的花园

如今我抛弃旧日里的梦魇
窥见了美好的真理、内在的自由
结束了终日的彷徨，获得解放
在寂寥的旷野上流走一生的眼泪
用清甜的泉水和一抹
温暖的阳光　走向海之声
还原本来就有的真实面目
在我所爱的一直以来所爱的地方
以过去的、现在的、将来的和信念中的

梦想中的歌吟

十一

当人类的目光还在疑惑的时候
突然间我的眼睛掉下来了一滴泪
含了许久以来的泪光
我看见了你脸上的笑容
凭借自己质朴和勇敢的心
正迈开大步朝我们走来
正在继往开来的路上
在你的挥手之间
一切才刚刚开始
就像一面丝绸一样的红旗
无论风雨都将高高飘扬
人民也将挥舞热情的双手
欢呼、支持你，并永远地，爱戴你
因为你为人民抹去了迷惘，带回了亮丽
并伴随着对生命的认可
那是生生死死不息不灭的生命
那音乐　那青山　那绿水
那是我们生命的永恒
那是十月，金色秋夜里
长安街上变幻着的彩虹
是梦里寻你千百度的慰藉
是你给予了新鲜梦的养分

十二

029　我会感动，牛郎或是织女，耕耘或是编织
　　　自己星宿的夙愿，存贮爱国
　　　在心底滋长孔雀河畔激情的桃花
　　　我会收悉，来自网络世界的一个红包
　　　穿透雾霾，看见圣洁的笑脸
　　　从欢乐的人海里聆听一片寂静
　　　接受一个自然景物里遥远的讯息
　　　当清晨的太阳向这可爱的大地洒下金光
　　　便可承接这来自天际的恩泽

030　在网络空间以前
　　　我的大脑的表皮层是最后的边疆
　　　在微信时代以后失联是最终的讯息
　　　我舌尖上跳跃的辛辣是最后的语言
　　　在离家远行之后，算术里没有远近
　　　我的书房里的半杯水是唯一的守候
　　　在沉睡后的梦中流逝一切的精液
　　　我的衬衫上留住的痕迹是西红柿的味道

031　我会感动永远的守望和厮守
　　　因为我们永远都懂得回忆时的优雅
　　　是我们唯一在伴随消逝时最好的记忆
　　　是从活过岁月的父辈那里升起的怀念
　　　是紧连着我们继续活着的信心
　　　如同一粒种子注定要落入泥土
　　　那么，我将祈求保佑它能永恒
　　　我信仰中的理想之光不是失窃的遗产
　　　黑暗不过是遮住目光时我心中太阳升起的地方
　　　从不缺失每一次的升起

十三

032　当炊烟飘向梦的地方招手时
　　　我已到达了曾经居住的那里
　　　辽阔的旷野上，一望无际里
　　　小麦和玉米在静静地生长
　　　纺织的机器和火车轮子
　　　在唱着歌儿在大地上穿行
　　　在寻觅洒满月光的花园里
　　　在挂满紫色葡萄的夜色里
　　　在眼眉间、在唇齿上绽开
　　　我们梦开始的地方以及落下的花雨
　　　无论是在子夜还是在黎明
　　　不必在合掌中战栗四处跟跄
　　　每个地方都是梦开始的地方

033　心心相印才是梦的真谛
　　　水到渠成才是梦的归宿
　　　因为梦开始的地方
　　　有我们祖先的气息
　　　和我们共同的声音
　　　和这个时代赐予给我们的志向
　　　如同茂盛的庄稼面朝金色的太阳

034　那串串的果实，一粒粒金的银的豆豆
　　　那大地的丰乳，一碗碗香的甜的汁液
　　　放缓脚步，慢慢回首　当年的家园
　　　泥土便飘出芳香　穿着信念的衣衫
　　　放眼过去，抑制脚步匆匆
　　　道路便清新纯洁畅亮
　　　就像河水一样缓缓流过山峦
　　　眼中含满的梦想在额头露出曙光
　　　就像太阳在人间洒满阳光

十·四

035　我渴望重温童年的一切美梦
　　渴望今夜的星辰，荣耀的，柔和的光
　　告诉我天底下一切梦怀心灵的人们，梦
　　会照亮整个世界，一颗善良的心，智慧的头脑
　　最质朴的，最真实的，最稀罕的梦
　　就是我们日思夜想的最本色的如愿
　　是我的耕耘已久那片土地
　　是时间里根深蒂固的信仰
　　在那里开始我们的梦
　　开始我们的收获

036　假如一定要让我回答
　　一个人与一个民族的梦
　　我将承载起答案将梦想伸向
　　我们共同热爱的伟大祖国——我们的中国
　　讲述我用肉眼所看见的一切
　　或者，我会用毕生的精力
　　走遍祖国大地，展开全部的生命
　　体验我们这个时代里的生活
　　唤醒我们这个时代里的睡眠
　　反抗我们这个时代里的反自然的力量
　　吹动我们这个时代被沙化了的埋葬
　　以习以为常的苍穹
　　以永恒在星辰的期待
　　叙述新常态新概念下的友好的时代

037　为了无数因为因果而无因无果的无花果
　　我愿置身于由时间构成又被时间结束的花园
　　歌吟、赞美古老的记忆中的梦想和
　　今夜，一座国家大剧院里的一朵茉莉花

十五

038　在那么漫长的岁月里我们
　　一直用干净的舌头、明亮的眼睛
　　眺望红星闪耀下的中国
　　金灿灿的天安门广场旗帜飘扬
　　翩翩春光里长夜满天里的星河
　　用我们全部的时间等待
　　因为我们彼此在用心灵
　　呵护着中华民族的血脉
　　已在已知已觉的继承中
　　梦的岁月已生长出串串珍珠
　　舌尖上的中国已如蜜甜
　　已在血管中欢歌笑语

039　十月的北京色彩缤纷且永远照耀
　　我们温暖芳香的梦境　自然而然
　　所有的梦儿会回落在我们的胸膛
　　一片片的红叶会铺就我们的心灵
　　所有的梦会燃烧我们的激情
　　那是我们熟悉的乐章
　　是我们心中的那支歌
　　好似天山一只羔羊身上的羊绒
　　温暖着我们梦的家园
　　复苏古老的泥土芳香
　　在金灿灿的伟大光芒里
　　筑建我们热爱的祖国
　　走好我们这个时代的新征途

十六

040   我在诗歌里描绘中国梦

一个怎样的梦，一个怎样的昭示

一个吉祥如意美好无比的甘甜

丰饶的大地承载着携带着一个人和一个民族

至高无上的光荣与梦想

大地，一切的万物，一切生命，一切心灵，自由意志

那里有高高飘扬的五星红旗

用千千万万英雄染红的色彩

如果，我可以恢复红色的讯号

那么一定是在我看到了光的身影

那么一定是在听到火的声音以后

才恢复了信心和欢乐

在痛苦沉重历尽了的甘美里

用心听雨滴声

用唇舔酿好的蜜

用眼看灿烂的中国

041   那么，就让我站在高高飘扬的五星红旗下

穿过当天际洒满梦的阳光

越过当滚滚而来的江河声

谛听云雀翱翔的欢歌

看那万紫千红的江山

正是它推动着我们的前进

去用我们勤劳的双手和智慧的思维

去争取我们更大的光明前途

去实现我们更大的国家梦想

十七

042 我们生活在中国的这块国土上
遐想美好的一些事情憧憬明日
有些沉重，有些疲惫，有一定的压力
忽然间的一袭风，人间的春风
三月的祖国大地已呈现更美的万象
呼啸而过的春雷，这从天际间滚滚而来的声音
穿越过三月五日的孤独而又喧哗的城市
也穿过一缕烟中的思想和
那些天然的浸润着春天气息的嫩绿
成群结队的讯息正在擦肩而过
并没在有惊蛰的这一天荡人心魄
那么庄严的一次伟大场面，如盲人眼中的景物
仍然带来恬静美好的梦想
依稀犹见昨日树影婆娑的情怀
并且饱含着对未来岁月的期待，另一个梦

043 中国，这一片洒下明媚阳光的大地上
江山秀美，引无数英雄竞折腰
上下求索着我们共同的命运
伟大的、自由的中华民族在辽阔大地上放声歌唱
我们必需的物质的、精神的追求
像水的元素，像行驶中的高铁
和雾霾中的城市里的人群
还有荒芜的沙村和辽阔的草原上奔跑的马群
我们是东方的大国，十三亿人民的祖国
森林笼罩住的河流，披红挂金的山川
"天高任鸟飞、海阔凭鱼跃"
自由飞翔的、活蹦乱跳的心灵
在黑暗的光明的、创造的过程中
平等、自由的国度里，国家的主人
幸福地、和谐地、崇高地、善良地生活

十八

044　我知道，这是自由的，来自蓝天和人的心灵
　　欲望中的痛苦的和欢乐的——痛并快乐
　　一切的动力，一切的精神，一切的源泉
　　穿过携带着一切思想的身体，一切心灵慰藉

045　在这个人类的地球上
　　诞生了一个英雄的民族
　　从丝绸之路开始从未停止过梦想的脚步

046　中国梦　一个民族复兴的梦
　　为了这个一直以来都在追求的梦
　　一代一代的中国人从没有停止过追梦的脚步
　　至今，都在梦想的道路上奔跑
　　我们有时有些匆匆忙忙，不是那么的从从容容
　　我们怕梦的现实从脚下溜去，从手中滑落
　　一切都在忙碌着，从农村，从城市，从一切的劳动中
　　我们仍然吃着粗茶淡饭，穿着布衣
　　从春到夏，从夏到秋，从秋到冬
　　但雪花开始飘落，大地江河封冻

047　中国人的迁徙，从东到西、从南到北，千万里的
　　追寻梦的中国人裹着行囊的脚步
　　没有什么可以挡得住中国人回家的脚步
　　无数的人，几亿的、十几亿的中国人
　　焕发出的喜悦
　　那是这个人类地球上最为灿烂的流动
　　是中国人永久的家国情怀

十九

048 四面八方的微风
吹拂祖国大地可见的心脏
世界的东方，一派新绿，生机盎然
东方的黎明，灿灿烂烂的风采
掀起中华民族的盖头
光耀而又美丽的容颜
你的梦、我的梦，我们共同的梦
都是同一棵树上的果实
让我再次提及祖国的山山水水
让我再次拥抱祖国的清秀明媚
让我们的命运与祖国的命运连接在一起
把我们的呼吸与祖国的呼吸连通在一起

049 我愿意和我的祖国紧紧拥抱
然后融为泥化为蝶
以便证实我们的生命
在那十月里随风而歌
带着远离家园后的归来
携着游子迷离后的心灵
让我们再次熟悉一天天在一起的日子
让我们彼此热情欢迎我们自己的归来
让我们彼此点亮温暖的油灯
和蔚蓝天空下的梦一起酣睡
和田野里的谷穗和梦一起滋长
和心愿里的梦一起飞翔

二十

050　所有的一切的云彩飘过涌动的大地
　　　上扬五千年的古老文明
　　　孔夫子的话语和老子的声音
　　　横贯历史的天空，贯穿岁月的长河
　　　日出日落，贯通生生不息
　　　未消失、未没落、未枯萎、未忘却
　　　依然在延续着中华民族传统的信仰
　　　载着我们代代相传的信念与梦想

051　我们有保持的敬重和内心的敬畏
　　　我们谦卑不屈膝
　　　我们箴言善于聆听
　　　如我们辽阔的土地

052　我们自己从来都知道，我们的
　　　勤劳、勇敢、节俭、诚实、仁爱
　　　听，那年三十的炮仗炸响后
　　　看，那年的喜气洋洋的中国人
　　　穿上新衣衫，包个饺子，一家子
　　　过个团团圆圆的年
　　　将往日里一切的苦难、痛苦化作一杯美酒
　　　欢天喜地饮下来年的梦想
　　　好的丰收、好的工作、好的事业，一切都好好的

053　我们知足常乐
　　　学会了期待有期待，以宽大的胸怀
　　　肩负着生活的重荷，奔波在外　为生计
　　　怀揣梦想，创造财富，收获喜悦

二十一

054　农田里生长着玉米、小麦、土豆和油菜花
　　　为那橘红的、绵白的、湛蓝的大地
　　　绿绿草地上喜悦的马群　玫瑰的花香
　　　酥油奶茶和香甜的奶酪　麦穗的芳香
　　　还有熙熙攘攘、车水马龙的城市
　　　通宵明亮的火炬和歌舞
　　　和一个诗人的梦，一个蜜糖眼睛里的韵
　　　在金色的梦中竖起耳朵
　　　我们相信，我们一直在用心倾听祖先的声音
　　　孕育了千百年的中华民族的梦想
　　　迎来了新的纪元

055　让我们再一次用眼泪与鲜血
　　　迎接明日的光明与灿烂
　　　在我们曾经爱过的国土上
　　　在我们曾经希望的田野上
　　　在我们曾经穿过的道路上
　　　在我们激情燃烧的岁月里
　　　在星光下、篝火旁，充满希望地讲述
　　　东方的自由之光和梦想之光
　　　去触觉，断弦的耳朵和眼睛
　　　在繁星满天的琴声中生长味觉中的美梦
　　　在我们知道的灵魂深处种植快乐
　　　让千百年的梦想飘过我们的脸

二十二

056　今天和今天以后的日子及其岁月　和
　　　数不清的历史上的昨天与今天
　　　在落后别国多达半个世纪
　　　在追赶着几乎赶不上的脚步
　　　勇敢的心和坚不可摧的意志
　　　怀揣红色的热情激情与豪情
　　　中国迈开了最大最快的步伐
　　　改革与开放的中国
　　　以其丰富的想象力和创造力
　　　为人民创造了一个内心里的梦　并
　　　铸造也实现了的梦

057　三十多年的改革开放
　　　中国，美丽了，改变了……
　　　一切都叫人欢欣鼓舞
　　　那板结在中国人心中的结儿
　　　已向世界展现同心同德、众志成城
　　　向天空搭起了人间彩虹
　　　并撒出和谐的种子
　　　把梦想种植在坚定的心坎上
　　　生长出智慧的果实并献上

058　祖国万岁！人民万岁！
　　　继续，继续向前，伟大的祖国
　　　卓越的中华儿女们
　　　红色的翅膀为梦想而展开
　　　梦想的翅膀搭载起人民的心声
　　　那被渴望了千百年之久的伟大梦想
　　　在伟大人民的双手中完成伟大的渴望中的
　　　美好世界，美丽人生，美满生活
　　　以及信仰中的共产主义理想之光
　　　普照人类的一切心灵

二十三

059　一个人和一个民族复兴梦的诞生
　　是母亲的恩情、全部的爱
　　是母亲赞歌里的清风
　　犹如祖国大地上的黄河
　　世代传承汹涌不息
　　因为这个年代，已经是早有的时代……
　　都将是中华民族生生不息的精神
　　鼓舞我们翻过一座又一座的山
　　越过一条又一条的河
　　跨过一道又一道的坎
　　因为我们，中华儿女，壮志凌云
　　埋葬了的年代，心灵里追寻的梦
　　落在了现在我们的肩上
　　这是命运注定的一次相遇
　　真的不必前怕狼后怕虎
　　我们已经踏上了这样的征途
　　生命中的祖国
　　日渐强盛
　　日渐繁荣
　　人民，日渐幸福

060　一个人和一个民族的归宿是自己的家园
　　是点燃自己的炉火，做一大锅的饭菜
　　落日时，围坐在自家院落里那棵槐树下
　　看着父母、妻子和孩子们一起享受天伦之乐
　　用舌尖感受美好食物的荣耀
　　那归于我们血液中跳跃的欢乐
　　直到风儿从婆娑的紫杉中抖出千言万语
　　汇集出为我们祖国和人民的祈祷

二十四

061　从命运张开笑的脸

我笑，笑那些吞噬民族的、国家的

血液和骨肉的蜂蛹蛀虫

我听见了那传开了的笑声

中华民族到了最危险的时候

嘹亮而雄壮的声音拍打着心田

将革命与斗争进行到底

扫除少数贪婪者的狂妄和

他们沉浮不定命运中的贪享腐败

剔除掉滋生腐败的土壤

与一切的腐败与邪恶斗争

除掉罪恶、祸害和病垢

除掉每一步都在破坏环境的人

抛掉注定要毁坏、要腐烂的问题

坚持自由、民主、宪法和基本原则

在世界为之振鸣的竖琴音乐中

让梦想张开它飞翔的翅膀

而不被沉重的物质折断

让和善给我们以欣喜

让纯真给我们以鼓舞

准备好用一张青春的脸与时光会面

满怀精忠报国的愿望

迎接四季里再多风霜雪雨

因为我们坚信太阳的光芒

终将在祖国大地上

温暖生活在那里守着本分的所有人民

终将实现富裕和安康

二十五

062　在鲜血染红的五星红旗下
　　一个人和一个民族的梦想
　　始终支撑着国家的命运和人民的意志
　　巍然屹立于东方史诗的宇宙
　　其生命像长江黄河川流不息
　　将祖国的记忆谱写成丰碑
　　在我们光亮的头顶上迎接明天

063　革命不是口号，更不是一阵风
　　革命是对真理的追求
　　是生命真实的灵魂的源泉
　　是一个民族朝向更光明的远征
　　是中国人民务实精神的表现
　　我们将这一精神目光投向
　　庄重的中南海
　　一个能使中华民族复兴的海
　　那里聚集了一个民族得以复兴的全部智慧
　　像孩子和鸽子回到美丽的草原
　　像枯竭的民心饮一口清泉之水
　　自由仰望缀满星星的苍穹
　　那是天籁般流动的音乐
　　东方的太阳，红彤彤的太阳
　　我希望它是一种永恒的
　　民族情感和生命之源
　　青春之舞和轻鸽之梦

二十六

064　让我们以热烈的激情
　　感受同样的心跳
　　和祖国同呼吸共命运
　　建设我们全部的梦
　　和所有的家园
　　和正在进行的乐章
　　和那里和谐的幸福
　　和喜悦一起和生命
　　和我们飘扬的旗帜
　　和你和我和着我们和
　　十月，金色的北京
　　为祖国母亲谱写旗帜的光辉
　　因为我们是充满深情厚谊与仁爱的中国人
　　厚德载物，物有所值
　　方大为用
　　上善若水：利万物而无争

065　哦，伟大而纯净的中华民族
　　上下五千年飘动的风帆
　　在新的时代梦想的希望羽翼
　　又在我们的目光里向着中国大地延伸
　　一步步……一步步……坚定的
　　当成群的大雁飞过我们头顶上的蓝天
　　就会有梦想的灵魂飞翔
　　在高空中向梦想的人致以问候
　　那么就高兴吧，我梦想的人儿
　　尽情流露喜悦吧
　　抬起脸，用眼睛和嘴唇流露
　　我们对生命的敬重

二十七

066　时间嘀嘀嗒嗒地
　　　落在了这个黎明的时刻
　　　我在清晨的八九点钟
　　　看着母亲的笑容那样永恒
　　　那么安详和温柔
　　　看见：她双颊的微笑
　　　看见：她甜蜜的舒心
　　　看见：她智慧的优雅
　　　在每日里获得新生
　　　在每夜里得以复活
　　　因为我们依旧充满热情
　　　依旧在沉默中彼此注视
　　　血脉当中收藏下的爱语

067　向上升腾的生命之光
　　　永远阳光明媚的灿烂微笑
　　　带给我鼓舞人心的动力
　　　以便擦拭那些迷醉夜晚的云雨
　　　高举起火把抚摸黑暗中的晕眩
　　　在神圣的火焰的光环中
　　　让回忆如那花蕾般绽放
　　　然后更加地相依、永久地依偎
　　　我愿意与我的祖国千丝万缕
　　　缠绵她娇艳的胸脯和白雪般的身躯
　　　我将在这里漂浮，在这里沉没
　　　将一如既往，在未来为正在
　　　变换更迭的时代增光添彩
　　　我愿意相信，更愿意梦想
　　　梦想将为一切愿意相信梦想的人
　　　指引一条一直通向实现梦想的道路

二十八

068　中国，2014 年，向你问好！
　　亿万人民受到了精神的鼓舞
　　有条不紊地进行着复兴之路
　　正朝着东方的大门
　　看雄伟的天安门
　　听五星红旗庄严地升起
　　我们终于看见了属于真实的面目
　　我们自己的梦想，真实的想法
　　以我们自己的心愿迎接黎明的步伐
　　并将实现我们共同的梦

069　2014 年的金秋，十月的阳光下
　　伟大的祖国像湖水一样纯洁透明
　　像绿色森林一样清新澄净
　　十月，金色的北京，秋高气爽
　　这是一个令人折服而又感慨万千的月份
　　依宪治国开启并使之勃勃生机　滚滚向前
　　是可以看得见、摸得着的实体语言
　　是可以感受的有血有肉的文字
　　深刻诠释了大局全局之内涵格局
　　映衬出了所有眼睛里都会有的期待
　　折射出了广阔天地永不结束的光芒色彩
　　和追求真理的坚定不屈的意志
　　和着十三亿个坚挺脊背的节拍
　　共同担负一个梦想的过去和未来
　　在金色的云和时间里聆听
　　沿着川流不息的长安街遐想
　　银杏树灿烂的金黄

二十九

070   诗人的目光注视着梦
       梦的目光将诗人引入了一个眼花的世界
       曾经的诗人也迷醉于酒色
       也被羊脂玉的润泽所惑
       也视而不见硕果累累
       也和爱和另一些爱擦肩而过
       诗人赤足光脚在麦茬地上行走
       流血不止，伤痕累累
       从布满雀巢的树枝上吸吮了力量
       漂泊的心结束了诗人的乐章
       在充满热情和激情的生命里
       感受先烈们永恒不散的青春气息
       那是催人泪下的炮声
       那是英俊少年的生命
       那是被剥夺了话语的嘴巴
       那是黄河大合唱的交响乐
       那是一个民族的脊梁
       那是东方雄狮许多年的沉睡
       那是中国梦的一片金色光芒

071   诗人，抬起了头，直起了腰杆
       那是天地间最醇香的一杯美酒
       是举起手臂的欢呼
       是艰辛后的铭记

072   如果我在高高的云层亲吻祖国的大地
       既然我出生在东方泱泱大国的土地
       我定会穿过整个我的国家健全我全部的记忆
       并记录中国的、中国人的命运，讲述中国故事
       以汉语的诗歌寻觅一切春华　一切秋月

三十

073　　千里之外的相思　　遥远的眺望
　　　　欲穷千里目，更上一层楼
　　　　哦，我的相亲相爱相逢的你
　　　　我们热爱你如同热爱我们的眼睛
　　　　我们在铺满了绿色的道路上
　　　　迎接你，欢迎你，朴素地接纳
　　　　在这共和国蜿蜒起伏的山峦间
　　　　闪烁着你已存在的一束光
　　　　我们看见了更加美好的真谛
　　　　最最亲爱的最伟大的你啊！
　　　　在金光灿烂的天安门上
　　　　向天下挥一挥手
　　　　那是你由来已久的承袭
　　　　一切皆因热爱
　　　　　　　歌唱祖国
　　　　　　　歌唱人民

074　　哦，这充满生动色彩的生命之火
　　　　你是如期而至的纯粹的继承者
　　　　梦的巨硕的根
　　　　在你的灵魂里获得滋养
　　　　得到升华，并引导拥有梦想者的创造力
　　　　在梦想的希望中走向所愿的路
　　　　在你的光芒中所有的梦想栩栩如生
　　　　活在蓝色的海洋里，活在金色的土地上

三十一

075　今天，我们重举一杯酒
　　　如同我们举在头顶上的太阳
　　　如举起梦的中国人
　　　而那个时候，黄皮肤、黑头发的中国人
　　　不被世界所知、所解
　　　当百年后，又一个百年
　　　为梦而不懈努力的中国人民
　　　在 2014 年以后迈开大步飞速奔跑
　　　展开梦的翅膀，凌空翱翔
　　　而，我们依旧记得：英雄的儿女
　　　小小寰球，盛开的花朵一派璀璨
　　　春雷一声惊天地，春天的甜梦
　　　而梦，恰似一道光芒
　　　而梦，恰如一片翅膀

076　祖先们的土地在沉睡之中
　　　守候着我们的梦和幸福时光
　　　那就是千百年来的同一个梦、同一首歌
　　　木兰的铠甲清晰地闪光在遥远的地方
　　　已如艾德莱斯丝绸
　　　不复存在却永远不朽的英雄先烈
　　　那英雄壮举的年代
　　　不再寒冷　以欢歌笑语
　　　再一杯葡萄美酒和夜光
　　　我们鞠躬缅怀
　　　然后，欢欣鼓舞，展翅高飞
　　　然后，听那千年的驼铃彻响
　　　如今的文明

三十二

077　隔着千山和那万水

让我们再站得高一点

通向四面八方的广场

长长的长安街

东方铸造的长城

一砖一瓦的层层叠叠

红遍大江南北

透明的十月，一派光辉

金色的北京，一路花冠

当头顶上飘过彩云

器宇轩昂的十月，分外妖娆

献上了心灵，献上了更美的心灵

078　正如大地献给天空

天空就绚烂无比

大地就葱葱郁郁

那就是我们永不褪色、永不沉没的青春之梦

尤其当十月天高气爽的时节

秋天的韵律音符写满大地

银杏果的语言，以及八达岭红了的枫叶

站在长城倾听雄鸡啼晓

倾吐爱的花朵颂歌远方的心

尤其当十月的风姹紫嫣红

大地和天空交相呼应

凝聚一体的心智传颂最初的心声

血脉之中迎接梦想的光芒播撒分明的爱

三十三

079   已经漂泊游离太久的灵魂
在今晨里打开黑夜的抽屉
和舞者一起翩翩起舞
加入行进的行列里
在高高的昆仑山上眺望
将在黎明变现的多彩梦想
正如山花如火鲜红
在你的挥手间
红色的崇山峻岭
雄风舞旗的丝绸之路
它来自你和祖国人民的勤劳与智慧

080   笑看乾坤转
那篝火中的生命
凤凰涅槃　生生不息
美丽中华大地葱郁茂盛
新鲜生命年复一年，茁壮成长
像古老的石磨永不停止
像春光永不消逝
任那岁月的一切风尘，一切的泪水洒落
任那所有的冬日赤裸大地
你已叩动人类地球的轴心
已在脚下的大地上孕育了成群的飞鸽
所有的羽翼带着和平的心灵
环绕代代相传的地球，传递
人类命运共同的梦想，盛开
人间的融合之花，一切的花朵

三十四

081　大地已春色满园
　　已遍地知音
　　这块土地十月里的金色
　　太阳和盛开的石榴树
　　像云彩一样的绵羊和
　　微笑着的热爱生活的人民
　　沿着丝绸之路，一缕蚕丝、一抹浪花
　　铺就人类世界的"一带一路"
　　在雄关处，化一缕阳光美丽天空
　　用心灵弹奏遥远的驼铃和骏马奔腾
　　用眼眺望穿过丝路的中欧班列

082　现在我们走在了一起
　　沿着长江、黄河，在延绵的太行山间
　　无须回首地往前一直走去
　　走向东方红、太阳升
　　看那朝阳洒满庄严的天安门
　　走进田野，走进工厂、学校、公寓
　　从这里走向更为广大辽阔的天地
　　从这里绘就一幅梦的蓝图
　　建造我们的梦和对国家的爱
　　我们一直走下去

083　然后看见炊烟袅袅
　　　　听见田野里鸟儿的欢歌
　　　　看见收割庄稼农民的汗水
　　　　听见牧羊人草原上的歌声
　　　　看见绿野里的新农村
　　　　听见村民们喜悦的话语
　　　然后和他们一起喝那醇香的奶茶
　　　　　一起喝那清香的果酒
　　　　　一起走进香甜的梦境
　　　　　一起和梦的灵魂飞翔
　　在金色的梦中微笑着
　　走向一个和谐的、人人平等的国度
　　梦和所有的梦都会盛开出娇艳的花

三十五

084　当我们变得沉默寡言的时候
　　　我们站在阳光下高高的山冈上
　　　我们开始学习思考以及思考的方式
　　　时间给予了我们大片的优越
　　　不是用来被破碎，困惑，麻木，窘促
　　　而是：一个梦，一个憧憬，一个不期而至
　　　让我们爱大海，爱旷野爱农村，爱城市爱工厂
　　　爱我们自己，爱我们的父母，爱我们的家园
　　　我们都因爱而活着，编织梦的流苏
　　　然后一起展开我们梦的翅膀

085　捏一把泥土，自由的一粒种子
　　　为自由而献上的种子
　　　就让这一粒种子自由地呼吸，生根发芽
　　　这就是中国人所理解的大地喜悦
　　　和中华民族透明的梦的灵魂
　　　永无止境，无穷无尽，前赴后继

086　那时候，我将拥有梦一样明亮的眼睛
　　　去看如同鲜血一样的旗帜在大山深处
　　　去听那远离城市的国歌更加嘹亮
　　　去舔那深得发紫的一颗葡萄沁入心田
　　　抗衡那无法丈量的崇山峻岭的沉寂
　　　送去沉睡中的和醒来的人们心中的梦
　　　以使自己可以融入于所有的心岸
　　　达到彼岸

唯有梦想之火

三十六

087   出口，出路，出发
       地铁，高铁，钢的思想和铁的意志
       二十一世纪，中国，中华民族的复兴之梦
       在辽阔的大地上　培育出新的种子
       耕耘新的土壤　生长出新的禾苗
       我们已融入泥土，土地已是血肉
       那些在很久以前埋在土地下的种子
       将从我们的脚下，从我们的身体里长出
       健康而结实的血肉之躯

088   出口，出路，出发
       没有停止，没有终结，只有更远的……
       以非同寻常面对发展
       抓住机遇，越过我们能超越的
       全部屏障在复活中获得幸福
       在启航后亲吻蓝色的海洋
       将海的声音传达到有沙漠的地方
       无论是在亚洲的海岸或是丝绸之路上
       五星拱月和阳光一起闪耀
       那充满意义的土壤中的生命

089   出口，出路，出发
       请吧，请伸出，或是握住，我们彼此的手
       让我们手牵手，心连心，走过连绵的山峦
       和那滔滔不绝的江河
       继续踏上我们一起的出口，找到出路，再次出发
       在灿烂的阳光下继续前行
       或许我们会碰上一个糟糕的天气
       有一段艰难的路和剧烈的痛苦

三十七

090 　我们现在仍然是成群结队的迁徙
　　肩扛着行囊　　弓腰在南北东西
　　会有时像一粒沙粒或尘土飞扬
　　发丝上或会落满尘埃会像尘埃
　　眼角会挂满蠕动的浊泪像浊泪
　　许多的如意或不如意，忽闪忽闪
　　梦会在我们的门牙那里磕碰
　　会从蒙眬的睡眠中回到梦中

091 　如今，教我如何对这个梦进行解释——
　　这个梦的开始，梦中的呼吸，梦中的生长
　　这个开始梦的地方，伟大的命运展开
　　昂扬的斗志，流过十月的海，充满遐想，汹涌澎湃
　　告诉我吧，那是怎样的一个梦
　　当我们开始回首时，回想起往昔的眼神
　　一切的过去的祈祷的和贮藏起的
　　一切的变化，篱笆墙影子和日落时的老牛
　　泥巴筑建的房舍，煤油灯下的一次缝补
　　坐在炉火旁烤一个土豆一个红薯
　　数落营生，怀念过去，梦想未来
　　一切过去，现在和将来的事情都在梦中

092 　一个小小的愿望，一个渴望的事物
　　一次错失，一次回望中的不知所措
　　就像我们是小孩子的时候，就哭啊
　　就如一个人的离世就觉得天都塌了
　　心里头再大的悲痛也挡阻不了还要继续的生活
　　我们有沮丧，有失落，有麻木，有阴影
　　我们现在相信什么？不相信什么
　　我们这一代和下一代人还有什么信仰
　　对于我们曾经有过的理想和信仰
　　我们现在的心里头蕴藏着滋生着什么？

三十八

093 有人会心花怒放地眺望他的故乡
     腹腔中灌满了城池中的雾霾
     背他而去的是消失在草原上的马群
     和荒芜的农田里生长的城市
     和身体里正在向外的家园和
     失眠时的不安与焦虑

094 没有缘由的苦涩和苦痛
     以热血挟着扭曲，在浮躁中
     遇上一个个迷醉的道听途说之夜
     在梦想的夜晚烧毁梦想的小船

095 那些缺失了信仰，迷失了方向的人
     积满尘垢的后脑，九霄云外的额头
     灯红酒绿里的阴影——厮混者
     大佬们，酒鬼，长发遮挡下的股市操纵者
     那些对明天充满不安而又迷惘的
     在灵与肉的冲突下，成为自身的毁灭者
     那些傲慢的和空谈的
     那些睁一只眼闭一只眼斜看世界的
     贪欲者、争吵者、妄议者、供养者、投机者、炒作者
     带着悔恨的自我救赎

096 我们的这个时代交错的沟壑里
     填充着怀疑者的偏见、中立者的伪善
     言论自由的国度里充斥着恶毒的谎言
     甚至连他们自己都在怀疑所谓自由的信条
     只有站在星条旗下的时候
     他们才彻悟到五星红旗的鲜艳
     才明白中国人民从此站起来的宣告
     和真正意义上的生命的自由
     就生长在伟大祖国这块地上

三十九

097　会有人问我："什么是中国梦？"
　　　会有人从中国的汉字里释梦
　　　解读汉字，比如：南柯一梦、白日做梦、黄粱美梦、
　　　好梦难圆、恍如梦寐、痴人说梦、庄周梦蝶……
　　　中国是生你，养你，爱你，你也曾爱过的
　　　你如今生活在别国或因爱生恨
　　　我相信你心底仍旧眷恋你爱过的中国
　　　你或许觉得我们的国家有黑暗的地方
　　　但你不是黑暗的使者
　　　争取更大的光明是我们共同的责任
　　　得靠我们冲破黑暗走向光明
　　　你所看见的那些黑暗不是全部
　　　你看见的人民的和国家的意志
　　　正像不屈不挠的星辰，一样地
　　　有毅力，有决心冲破黎明前的黑暗
　　　当我们重新怀念已往的时光岁月时
　　　我们的祖国和人民已踏上了新的征途
　　　念奴娇，赤壁怀古，那么人啊！人
　　　我们理应更喜今日之春光无限好的时代
　　　用心灵去感受光亮，彼此感受温暖

098　我感谢问我的又释梦的人
　　　还能在记忆的那块土地上拾起一份眷恋
　　　虽然我能够穿过瞭望将另一种相思送去
　　　但我眼中的泪珠已化作一副望远镜
　　　我能看见相近相远的岛屿和
　　　隔海相望的几片陆地
　　　我愿意相信我们的信念
　　　就是飘荡在海洋和天穹的梦想

四十

099　有人问我那是怎样的一个梦
　　那人是在纽约、柏林或是在伊斯坦布尔那里
　　喝着白兰地、啤酒或是正在呷一小口茴香酒
　　他似乎忘掉了酒的味道和气息以及酿造
　　或者是他将要永久沉入悲伤的睡眠前
　　从黑暗中听见沉闷的教堂钟声　那时
　　我正在新疆和一万只的羊群迁徙
　　正在眺望辽阔的草原，学习煮一壶奶茶
　　将梦想装入囊袋里，路很长，梦也长
　　风会吹来远在天际的雪
　　也会吹来远方捎来的声音
　　迁徙的路途上不会迷失方向也不掉落什么

100　我会在雪后的月光里撸起袖子
　　接生一只身如白雪的冬羔子
　　做一个软乎乎、暖融融的梦
　　我会躺在巴音布鲁克草原上
　　眺望孔雀河畔天空上飞翔的孔雀
　　我会穿过一望无尽的塔克拉玛干沙漠
　　在随风而起的大漠孤烟里看见一座海市蜃楼
　　我会在离别时留下碗口大的感叹
　　但决不谋杀梦想中绽放的花朵
　　我会像一个孩子遗忘掉昨夜的哭声
　　但绝不掩饰清晨欢快的倾诉
　　我更会在每一个辽阔的夜晚
　　和梦的灵魂一起走过修剪——新的水草
　　以信仰里的梦想唤醒每一个广阔的黎明

四十一

101　有人又问我这是怎样的一个梦
　　声音传过来，仿佛是很遥远的沉醉
　　一次推杯，一次换盏，酒水里的言辞和
　　酒杯中，月色里，夜光下浮现的美人
　　谋权者和权谋者免于一次喋喋不休
　　小农经济和小富即安
　　笑着升官，哭着失宠
　　兼容一切的空气里聚合着我们的一切梦想
　　司空见惯，见怪不怪的场合
　　他们谨慎从事，周密思虑，会察言观色
　　也会见机行事并献上殷勤
　　并欣然点亮梦想成真的火炬
　　繁殖一座活着的庙宇，一尊神
　　不朽的言语落进行走千年时间的沙地

102　我将在迷漫的不明所指的去向里
　　穿透那黑色丛林里我的赤裸的梦
　　和清晨时的眩晕，起身披着黎明之光
　　点燃灶房里的柴火跪在灶前
　　揉着眼圈吹啊吹，吹动火苗
　　吹走浓烟，吹尽烟灰，吹起火苗
　　直到揉着的眼圈红得像那一膛灶火
　　直到跳动的心像火苗一样跳动出飞溅的火星
　　直到梦的彩带像早上洒满阳光的物象
　　因为，我所知道的梦想是往昔岁月的沉积
　　那里有着对陈年累月的一切依恋
　　它来自我们脚下的这块土地
　　生生不息又充满梦想的中国大地
　　一个比任何国土都更充满浪漫的国土

四十二

103 我不曾想过具体的有缺陷的
     我们为之而奋斗的梦
     一个梦与另一个梦之间的距离和
     尚未构建的勾画清晰的梦境
     一个你已经做过的梦
     一个你正在做着的梦
     一个实现了的和难以实现的梦
     一个满溢的热情的正在展开翅膀的
     光辉照耀下的一首诗的梦

104 时间以"中国结"的结构编织它的结
     又以"中国扇"的方式折叠它的扇
     那是我们心目中幸福的象征
     打开一扇，开启那里沉睡的岁月
     编织一结，舒展那里藏匿的情怀
     去触摸我们的根，触摸融为一体的心灵
     去唤醒我们的沉睡，擦拭身边的一颗清泪
     记得起遗弃的时间　一切往昔里的梦想
     当梦中还能遇到早已遗弃了的幼童
     迟疑中的莞尔一笑　回头时的梦想
     请让孩子回家吧　向前看着的梦想
     赶快拿出压在箱底的户口簿
     看一眼父母亲的姓氏、家庭住址以及民族
     穿过村，走过街巷，从遗弃那里开始
     将目光投向遗弃时的目光……
     在我的中国的天空下
     在祖国大地的某一个地方
     找到我们和孩子一起回家的路

四十三

105　中国梦，一个怎样的梦
　　一个中华民族复兴的伟大中国梦
　　梦的翅膀在祖国大地中国人民的头顶飞翔
　　从一瓣一瓣的"褚橙"到大国工匠
　　岸边的号声——驶向大洋的"辽宁"舰
　　东方的航空——飞向蓝天的"C919"破茧化蝶
　　我们平平常常又简简单单的生活
　　就像一幅慢慢展开的沙画
　　记忆岁月的流逝，消除冰雪的痕迹
　　当大国崛起的汽笛声穿越而过
　　农耕文明里的中国
　　不断改革中的中国
　　正以更为开阔的胸怀向世界致以辽阔
　　这块土地将融入一切，感受一切，寄托一切向往
　　如像展开梦的翅膀一直飞向
　　一寸寸地，一片片天，一代代人，一个个家
　　在融合中让梦想成真

106　人们穿过凛冽的风吹雪
　　穿过竖立在喀什噶尔广场上的铜像
　　穿过车水马龙的长安街，穿过天安门
　　穿过长城内外分外妖娆的大地
　　穿过一次次穿过的人生走廊
　　从祖先们开始，到他们的子孙们
　　纵然艰辛，也有迷失、迷惘、彷徨，但是
　　人们从来停不下自己的脚步
　　坚定地向着信念中的梦想前进

四十四

107　中国人的中国梦，所有一切人的梦
中华民族，五十六个民族都积极参与的梦
一切从解放开始，解放一切
伟大而自由的思想贯穿在我们的行动中
在行动中，创造我们对事业追求的梦想
不是躺在温床上做梦或者过一种寄生虫的生活
不是酒后的胡言乱语或一次夸夸其谈
我们是解放者，我们解放思想
我们有梦有追求有理想有抱负有雄心壮志
我们解放思想，改革开放
向整个人类世界敞开天一样宽广的胸怀
因为我们相信人类命运共同体的预言
对一切爱好和平的人，中国是温暖的大家庭
不论是哪一种肤色的人种
中国，像辽阔的大草原，各种的草木花朵
各种不同多样的生物都自由呼吸、生长
我知道，我们的国家热爱一切爱和平的人们与
一切的人，热爱人类，热爱生命，崇尚解放
在春风沉醉的夜晚，一堆篝火，一串葡萄
一堆土豆，大个的苞谷，小粒的黄米，一碗青稞酒
星空下杨柳的婀娜，阿克苏红旗坡上的苹果
血管里流淌的玫瑰，吉祥的哈达，风中的经筒

四十五

108　我把目光投向这注满光辉的岁月
　　忠于我的祖国和祖国人民
　　在自然而然的生活中歌唱我的祖国
　　忠诚地赞美祖国的一切
　　我以诗歌，以优厚款待一切我所爱的
　　我以诗歌，以宽大热爱一切的爱国者
　　让一切的爱发出自由的光，普照
　　所有中国人，青春的亮丽的微笑的灿烂的脸
　　我们的国家如慈祥的母亲爱她的一切人民
　　在春暖花开里舒展开她起伏的身躯
　　向经历过冬天的人们散发出泥土的芳香
　　带来山花烂漫时节的所有欢乐
　　同祖国怀抱里的人民一起
　　做春天与春风里一切欢畅的事

109　当一切的河流，一切的嫩绿，一切的山花
　　在沉醉的春风里复苏的时候
　　当一只刺猬，一只蜗牛，一盘的藤蔓向天空
　　我即站在祖国高贵的土地上
　　在沁人心扉的芬芳里谱写最美的诗篇
　　和我们的梦一起飞翔
　　从梦的那里诞生梦的实现

四十六

110　　中国，对世界而言，是一个神奇而新异的地方
　　　　其实它只是一个地球上稍稍大了一点的村子
　　　　房屋大多都是茅草屋或泥巴做的
　　　　道路弯弯曲曲，凹凸不平，满是泥泞
　　　　那里的村民们，衣衫褴褛或者蓬头垢面
　　　　他们可能是人世间最卑微的一群人
　　　　可能是人类最会骂他妈的脏话的人
　　　　他们是一群地地道道的中国农民
　　　　他们疲惫不堪，瘦骨嶙峋
　　　　他们像摊在地上的一堆泥巴
　　　　是他们，一直在没日没夜里忙活着
　　　　从黎明之光里送出清晨第一桶牛奶
　　　　在夕阳的最后一抹暮色里悄然隐去

111　　中国，对世界而言，是一个产生一切梦想的大舞台
　　　　在我们的梦想里，我们看见世界在等待着
　　　　中国的梦也是世界的共同的梦
　　　　曾经辉煌的从前的也是现在的"一带一路"
　　　　经过时光的流逝又一次充满了浪漫与希望
　　　　一切沿途的国家和人民所看见的
　　　　是伟大的中国梦的卓越灵魂
　　　　世界各国各个民族所有人类的心声
　　　　如同当初"凿空"，现在通向未来
　　　　又将时间和空间的囚栏打破
　　　　把人与人、国与国，把人类命运的裂缝补缺
　　　　是天涯若比邻、千里来相会的命运共同体

四十七

112　关于中国梦，我们的，每一个中国人的
　　我们要有，我们要相信，相信我们
　　自己的梦想，梦想就是我们的心愿
　　是我们想到的，找到的，看到的，我们的喜欢
　　我们很小很小的时候就有的　　有些
　　梦，在很早很早的时候就实现了
　　我们要有，我们一旦有了我们心中的梦
　　就能，就会，不断地专注在梦境中
　　带着最初就有了的梦想，或者
　　梦想会带着我们一步一步往前走
　　我们会在已有的梦想里产生新的梦想
　　在实现梦想的路上，我们会遇上困难
　　会遭遇到可能出现的黑暗
　　但，我们一定能在那里看见梦想的光明
　　我们要有，我们一旦有了我们就会创造

113　梦想不是什么玄妙的东西
　　我们的梦想就是心中非常简单、朴素的声音
　　像老子说的"一生二，二生三……"，然后
　　开了花，结了果，梦想成真，万物从此而生……
　　这一切已经超出了人类所能企及的凝视
　　因此，我们就不能没有梦想
　　除了高尚的梦想，我们要崇尚行动
　　因为时间从不停止滑进黑暗并磨损岁月
　　我因此不能停住誊写诗歌的手
　　我要书写赞美一个大国，中国梦的羽翼
　　先于正在打开当尚未完全打开的蓝图
　　落在散发檀香的中国宣纸上
　　有如注视着的象形文字灌满的风度

四十八

114   醒来就是梦中从梦里往外的眺望
       目光落向沉寂中细雨的早上
       梦想一次次地燃烧起来，摆脱窒息
       闪烁的光火，天空中呈现出一条灵魂的星系
       我们曾经仰望属于传说，属于神话，属于遥远
       而今，这瞬间穿越的"天宫"之旅，一缕
       伟大的光芒正在梦的眼睛里展开
       从大地的幽深处升起来，用繁荣的冠冕装点
       春天的向前往高的飞行，梦的翅翼

115   来吧，朋友们，同志们，让我们一起乘着这
       火焰之车向上吧！上升，穿过
       嫦娥的血液痛饮吴刚的桂花酒
       释译多彩的汉语的日子里堆积的象形文字
       编织艳丽的"五星出中国"的艺术挂毯
       绽放祖国母亲那光耀的金莲
       劈开厚厚的雾霾和泪水的云团
       散开那玫瑰的花瓣和彩虹裙衫
       融合那炽热的情愫和昔日的向往

116   来吧，来吧，我的朋友，我的同志，让我们一起致敬
       并亲吻母亲纯洁的额头和母亲纤纤的发丝
       将她搂在我们的胸怀中，为她
       胭脂红润的脸颊，为她的
       唇齿的笑容涂抹丰润的蜂蜜
       为在黎明将梦带向太阳升起的地方

四十九

117　中国梦啊！我心中的汉语诗篇
　　被永远传颂的精神之歌
　　这不是苍白的，奢华。不是陈词的，浮夸
　　那些曾经为祖国竖起的油田的井架
　　那些曾经为祖国贯通农田的红旗渠
　　那些层层叠叠盛开油菜花的梯田
　　那些，那些，那些，那些，那些，那些，那些……
　　我知道那一切都在永恒中长存并燃烧着激情
　　都是梦飞向的所在的欢乐的光芒

118　我知道什么样的中国梦从
　　中国人深深的心中涌出
　　我知道一切的目光一直追随着
　　在阳光下闪着金玉之光的梦
　　这充满希望的中国梦啊！这么炽热
　　一切的人民迎着命运之神，前进，前进！
　　带着中国梦的灵魂
　　使中国的丝绸绣出充满仁爱的家园

119　中国梦啊！充满了炽热，填满了祖国
　　辽阔的大地和蔚蓝的广阔天空
　　我在清早的晨光里向着壮丽的梦
　　阳光灿烂的辉煌的梦
　　那是普天之下无数人数不清的梦的星系
　　一闪一闪闪烁着琵琶美妙的音波
　　白发的苍茫会回春，会山花浪漫
　　谈笑风生间都是华表溢彩的纯朴

五十

120　我感谢有这样一个生动华丽而又质朴的梦
　　一个连着过去、现在和未来的梦
　　没有谁不曾有梦
　　一个人有梦就懂得敬畏，懂得感恩
　　日子就会过得舒舒坦坦
　　就像一次甜甜的梦乡，就像泉水的味道
　　就是昨天的记忆，马头琴下的一首歌
　　就是清晨热乎乎的奶茶和未来
　　就是田野上云雀的鸣叫，树梢上的喜鹊
　　就是地铁上、公交车上、单车上突然感到的快乐
　　就是来自一种古老的天真是自己的根
　　就是划破灰暗时的一道光
　　就是回首蓦然时，灯火阑珊处的你
　　就是你预言的记忆里寄托的
　　将有的已有的宁静的月光
　　和万物里包罗万象的水晶之恋

121　当你走过，一切的门纷纷打开
　　　　　　　一切的路畅通无阻

122　我每天都以充实，以饱满，以浪漫
　　以一个诗人的目光迎接梦的灵魂
　　会生出奇妙的笑容，迷人的光和莫名的泪
　　我坐在高高的山冈凝望沧海桑田
　　润湿的眼睛里出现你在广西，在遥远的贵州
　　我心已明了你重担肩身在我眉头
　　你穿过祖国大地的和人民的缤纷的梦想
　　和煦的春风吹拂着五星红旗下的岁月
　　岁月里蕴藏着千百年来不休不眠的
　　中华民族崇高伟大的中国梦

五十一

123　梦，梦想！梦想！梦想！梦想！梦想！
　　中国梦！世界梦！人类梦！中国梦！
　　每个人的梦！一切人的梦！每个人的梦！
　　哦！梦想！每一个人都是梦的追逐者，都是
　　梦的使者！是与肉体相伴的梦的灵魂！
　　梦的灵魂中那超越肉体的睿智的火神！
　　梦想穿透黑暗穿破仁者的孤独！
　　梦想美丽人生圣洁人生点亮人生实现美好人生！
　　梦想如初，仁爱！礼尚！纯洁！诚实！善良！
　　从梦的诞生到诞生梦的那里，我们一起颂歌
　　让我们在梦的光芒里沐浴

124　就像孩提时那样："噢，等我长大了"……
　　就像现在是这样："噢，等我变老了"……
　　这些我们都懂得。那些已逝的梦，已失的时间
　　所以，请留住我们的记忆，那凝结在心中的梦
　　因为梦，有着诺亚的鸽子的清澈的眼睛
　　因为梦想永远不迟，直到最后的一缕呼吸
　　所以，请大声地说出美的梦，跟着梦，追着梦
　　因为那就是你梦里最亮的那颗星
　　就像狂风暴雨之后彩虹会出现
　　所以，我们理所应当怀有梦想
　　梦想人生，而人生更大，梦想更加丰富
　　我们一起追寻，跟着心灵，奔跑，实现梦想
　　从梦的诞生到诞生梦的那里，我们一起飞翔

五十二

125　哦，我心底的中国梦啊！
　　那积淀已久的绚丽与沉醉
　　从我的眼睛里蔓延
　　从我的耳朵里绽开
　　从我的嘴唇上神采
　　怒放吧，我心中所有的梦想
　　从宇宙的天际的那里倾落
　　而后大地上的道路更加畅通
　　以优美和崇高以红霞映照
　　以无限的晶莹清澈
　　将所有的梦的色彩呈现

126　不要对我谈天说地
　　当天空里飘着雪花
　　那里有风雪中的姐妹
　　和正在回家途中的羔羊们
　　来吧，来吧，我的一切的亲朋好友
　　来到我的偏远的村庄
　　我将为你们煮一壶醇香的奶茶
　　一起坐在曾经的泥巴小屋
　　看那落雪的时节和雪后的痕迹
　　和在阳光下渐已恢复的真身

127　苏醒吧，苏醒吧，一起醒来吧，我的亲密朋友
　　来吧，我的朋友，当，甘美苦涩，当，云团遮蔽阳光
　　来吧，我的朋友，请打开所有的心扉
　　将一切的沮丧烧成万劫时的灰烟
　　将一切的不如意化作河流的脂玉
　　将一切的离愁变作远方的期许
　　将一切的一声长叹化为春风飘散的一切
　　将一杯美酒献给记忆的玫瑰和葡萄

我们的国家

五十三

128   中国，有着幅员辽阔的国土
       数以亿计的人民在这块土地上行走
       只因为每个人都有自己的一个梦
       所有的中国人从未停止过追梦的脚步
       无穷无尽的梦的声音，梦的颜色
       是我们这个时代的脉搏
       是我们的国家以辽阔展开的
       也许是从前从未触摸过的
       一个梦

129   得以复苏的全部的将
       给予我们一个蔚蓝的海洋，让我们
       带着梦，和波浪一起起航，带着
       和我们鲜血一样的旗帜
       向世界讲述我们的中国梦
       向人类叙说中国的故事
       向地球讲述人类共同体的命运

130   当然会带上一壶玫瑰香酒
       也会带上一棵石榴树
       像凝聚在一起的石榴籽一样
       将所有的民族凝聚团结
       揽在祖国母亲她的伟大怀抱里
       以她宽厚仁慈含孕一切生命
       盛开人类之花

五十四

131　中国是在自己的民主、自由、法治的天空下
　　就像万象世界中的"道法自然"
　　一个自然而然的生存法则，道路是相通的，价值是相等的
　　我的祖国是一切热爱她的人民的国家
　　通常我们把祖国比作母亲
　　祖国母亲也以母亲般的爱爱着爱她的人民
　　我的国家是一个发展中的国家
　　她养育着这个地球上五分之一的人口
　　我的国家饱经风霜，一切战乱和苦难
　　站起来的中国人民，战天斗地不畏艰险
　　肩扛着笨拙的犁具跟随着春天的脚步
　　辛勤耕耘，为的是能填饱人们的肚子
　　我的国家在一个时代的自然灾害中谷物绝收
　　我的国家在一个时代的政治动荡中抚慰悲痛
　　我的国家在一个时代的改革开放中春意盎然
　　我的国家在一个时代的一带一路上共商共建
　　当中国精神与中国意志共同一致为世界创新
　　人类命运共同体的肌肤将共享阳光
　　大洋彼岸的西方为他们的利益争吵不已
　　已隔特朗普修缮的隔离墙
　　挡住了人类自由行进的步伐
　　流离失所的人们在美国逻辑中排列组合
　　毁坏掉人类的天性以及生活的热情
　　一个崇尚自由的美国和他的盟友圈画地为牢
　　在人类地球上心神不定

五十五

132　伟大而自由的祖国，江山如画
　　滋养了我们充满渴望而且多彩的梦
　　会和一只鸽子落在清晨阳台下的银杏树上
　　那么多的人带着中国的梦，从清晨出发
　　走过如歌的岁月，走进庄严、宏伟的人民大会堂
　　当中有农民，有工人，有企业家、科学家和知识分子
　　政治家和官员，文艺工作者和基层工作者
　　他们代表人民，一切人民的心声
　　和中国各个民主党派和学社、团体
　　他们在那里听取政府工作报告，参政议政
　　履行广大人民给予他们的殷切希望，一个代表
　　一个委员的神圣使命与责任
　　他们来自全中国，来到北京，走进人民大会堂
　　那里，承载着整个中华民族的智慧与梦想
　　是中华人民共和国自由与民主集中的伟大胜利
　　是完整而统一的继续向前的伟大胜利
　　是冬去春来为新的分娩和社会变迁发挥作用的伟大胜利
　　是共和国所有人民一起创建美好未来的伟大胜利
　　是意志坚定，关于美好，关于富强，关于现代化发展
　　关于富强、民主、文明、和谐、自由、平等、公正、法治、
　　爱国、敬业、诚信、友善的伟大胜利

五十六

133　我的国家，在地球上六分之一的陆地上
　　一如期初，带着人们的梦想——
　　耕织了人类的理想——共产主义——大地上的智慧
　　我们希望所有的睦邻友好，亲、信、和、善
　　合作共赢，共商、共建、共享，普遍意义上的真理与信条
　　是一切生命和所有国家的根本基石
　　我的国家以正确的方向，走自己的路
　　我们的人民正以饱满的热情与奋发的激情
　　将中国梦的真谛蕴藏于行动的力量中
　　当年复一年的春光再现时
　　每一个中国人的血管里都涌动着梦想的希望

134　从前的我们的国家一穷二白
　　我们十分质朴、节俭，更为勤劳
　　日出而作，日落而息
　　我们披星戴月仰望头顶上的星空
　　和一缕春风，一起走过清明时节的大地
　　在层层叠叠的梯田上看嗡嗡作响的花蜂
　　一只蜗牛的夜晚和一只兔子的早晨
　　一个花丛中捕捉蝴蝶的女孩
　　祖国大地也变得肥沃富饶
　　我们一直唱着歌唱祖国的歌儿
　　将我们的祖国装进每一个中国人的心中
　　睡梦承载着我们穿过繁花似锦

五十七

135　这是我们自己的路
　　是拥有我们自己旗帜与方向的路
　　有如箴言，我们继续我们的新的长征
　　在长征的路上塑造更伟大的精神
　　如今，我们已拥有了中国精神
　　以及那被渴望了千百年之久的伟大梦想
　　以不朽的光辉正在照耀我们的道路

136　这种精神
　　是鲜血和生命给养的精神
　　是战天斗地的宇宙精神
　　是历经苦难火炼的精神
　　是百折不挠意志坚定的精神
　　是改革开放追求卓越的精神
　　是包容一切人类命运的精神
　　是与人类永恒的命运共同体的精神
　　是托起灰烬中凤凰般崇高的精神
　　是解放人类的自由精神

137　这种精神
　　为祖国奉献上了青春年华
　　为祖国奉献上不朽的生命
　　这种精神里饱含着自那一日的初心
　　那刺入肌肤遍体鳞伤的万恶凶器
　　那狰狞的岁月炫目的战火
　　这种精神保存着坚贞不渝的情感
　　这种精神保留着坚韧不拔的毅力
　　这种精神高举着用鲜血和生命染红的旗帜
　　这种精神写满了颂歌生命的交响诗乐

五十八

138   从祖国首都北京出发
        我迈着坚定而执着的步伐，走过生养并得以抚慰的
        祖国大地，听见了天山云杉中无比快乐的鸟雀声
        看见昭苏云端草原上吃草的牛羊和奔跑的马群
        看见像蓝色飘带一样额尔齐斯河的浪花和水中孔雀
        看见了黄果树下伟大的瀑布、青藏川藏高原上的牦牛
        看见了云贵高原上的岩石和三月里盛开的油菜花
        黄土高坡神圣大地上照耀万物的太阳和在太阳下
        亿万万的世代生活在这块土地上的
        炎黄子孙们向着梦的方向……

139   伟大而自由的风，吹拂着祖国大地
        吹过风景的万花筒
        一切走过大地的脚步，轻盈地向前
        自由自在，共享着大地的欢畅和
        那些风中穿着虹彩的云层和
        在云彩下美妙歌声的欢愉
        我深深地知道，祖国给予的一切
        即使我在烂醉如泥或有颓废
        她依旧能在我的心田声呼唤中
        带着春天的雨滴滋润我的心灵
        给予我生命中无限的财富
        我深深地知道，我生在富中的幸福
        足够让我的今生富丽堂皇
        足以凝聚成长河当中的一块儿羊脂玉
        以爱，将纯洁的生命献给
        我的祖国

五十九

140   我没有过一次漂洋过海
我总是穿过我的河西走廊
在梦中，或者孤独的，从漫长的走廊里走过
有时从天空俯瞰，有时从火车上观看
每个人也都会穿过自己的走廊
也许都会遇上一些黑暗的时光
但没有谁会突然地倒在黑暗中
多数的人总会看见地球上那一束阳光
如果看不见了，便被拖进了更黑的深渊

141   我希望我是，我们都是夜光
从陆地的平原升起
从陆地的高山升起
从海洋的平原升起

142   我希望我是，我们都是光彩
无论我们在哪样的道路上
我们都应在正道上款款而行
看得见所有看得见的星星
用我们的双眼守住风中的生命
以便照亮我们的内心
也从我们的生命里获得新生
并将我们的心结成一片
由我们一同齐声发出"祖国万岁，人民万岁"
在已经找到的方向，在已经行走的路上
傲然屹立在世界的东方
在荣耀的光芒里，一起高呼：
我爱你，中国！

六十

143   我来到雅鲁藏布江江畔
我将爱这最初的源头以爱
穿过一切的山峦的森林的以及更远的从前的
从那里开始托起我心覆盖着的梦
一路一路地走，任凭风掀起嘴角和
眼角飞扬的纸片。任凭沾满水的方言
风会带来来自四面八方的春天的气息
会有云朵飘过，会有花朵，会有雨点，会有一道彩虹
仰起穿过生命的梦，一次篝火
圆而又圆的剃光了头发的头颅和头顶上的苍穹
与日月光辉的清晨，蓦然回首时的记忆
瞧啊，太阳正从东方升起，升起一种温暖的精神
以全部的爱给予了一切的人民
升起的时候，它也托起了我们的梦
因为我们的内心充满渴望
我们对精神的追求，对物质的追求
都是我们对生命的光明的改变与追求

144   今天，我们开始了为迎接梦想与光明的征途
每一个中国人都以自己的劳动、自己的智慧
因此，我们就有千万个理由实现自己的梦想
无论世界有多少嘈杂的声音，也包括
停泊漂流在太平洋海域的战舰
我们都需要捍卫我们国家的安全与稳定
把我们庄严而又伟大的中国梦实现
我们因此早知："天涯若比邻，四海皆兄弟"
这就是我们这个时代里的世界共同的荣光
这就是世界需要知道的中国

六十一

145   我坐在有些雾霾的北京，在
凝滞的时间里凭窗眺望遥远的
高空中刮着呼呼大风的
飘飘扬扬片片雪花落下的乌鲁木齐
每一个路口都闪烁着可见的红灯
千里以外的喀斯特地貌里的晴隆
峡谷里正在集结招摇的风雨
纷纷的雨点正落进我的污渍斑斑的纸张
我将这落满雨点的一页页纸从容展开
将我眼见为实的真实的我的祖国描绘
我辗转祖国各地，经历了冬去春来
和一切，背井离乡者一样
有欢乐也有悲伤或者
固执己见时无法控制的血液变幻
而这一切的感情皆因这块儿土地
对太阳的热爱和对爱的忠诚
以信赖对信心的渴望
皆因不屈服的中国梦所包含的痛楚

146   一个更为强大的中国已经诞生
中国正在改变世界，并将影响人类史的变迁
中华民族的美德正沿着"一带一路"
带着爱，当然带着一路的欢乐
和爱，一如其初

六十二

147　我会回来，站在村口的那棵老槐树下

　　仰望大路上的秋天

　　我会回来，睡在夏日里的打麦场上

　　仰望北斗星闪耀时的夜空

　　我会回来，把落满尘灰的"清明"扫干净

　　还会在吹着黄沙、飘着盐碱的土地上

　　种植一棵在三月里盛开花儿的桃树

　　修正房前屋后东倒西歪的土坯围墙

　　以便挡住冬天的赤裸的北风和

　　北风中的飞沙走石以及凌厉的雪花

　　以便可以坐在岁月的季节里

　　含着泪珠，挂着微笑，追忆转眼即逝的细碎时光

　　即便不留下任何的痕迹

　　如果一列绿皮的火车在寂静中穿过不眠的夜

　　一切的声音随之呼啸而过

　　如果是这样

　　我就会有梦想的一个车站和

　　满天飞舞着蝴蝶的一个村庄

六十三

148　我会在清明时节
　　去烈士陵园、去墓园，去郊外踏青
　　去祭奠先祖、英烈，一次纪念，一场思怀
　　一趟开往春天的列车，开遍祖国大地

149　我会看见风吹日晒的村庄，望见炊烟
　　我会看见野火烧不尽的牧场，草地发绿
　　我会看见小时候住过的土坯砌的泥巴小屋
　　还有屋后的茅房和猪圈，看见五月的小白杏
　　我小心翼翼地踩过田间地头
　　捧起当年的苦菜花，在一地的香气里
　　眼泪会落在回忆的心坎和大地的秘籍上
　　从前的悲伤和欢乐在时间的列车里
　　写真般地刻录在告别时的墓碑上
　　如我缄默的嘴唇一样的古老

150　我会跪拜这天地间的光
　　聆听大地如披挂着丝绸的语言
　　陪伴我们穿过没有星月的夜晚
　　穿过我们梦想的人生
　　那个由岁月汇成的长河
　　在永远不会成为黑夜的时刻梦想
　　在祖国大地上延伸光荣的梦想
　　在先人的缄默中看见永恒的梦想
　　古老的玫瑰和古老的粮食
　　在辽阔的草原上，在高楼林立的城市里

六十四

151   我会在故园里修剪花草树木

碎碎的枝丫叶片花儿落满一地

会坐在雕刻成雄狮状的花岗岩旁

修剪得栩栩如生的记忆

记得母亲的厨房，父亲的犁铧和黑夜里奶奶的油灯

挑着扁担，拾粪的山羊胡子爷爷

穿过信念中的梦想，明天当然会更好

所有的我们，当然是热爱我的国家的人们

我们仍旧站在这泥土吐芳香的大地上

有守候，有守望，有梦想

我们顺其自然。或者也能听天由命

骨子里有迷信，但我们信仰共产主义

一代又一代，我们几代人为之努力的信仰

152   为的是当人类在黑暗之时能看得见

在风沙弥漫，在海啸时能听得见

在沉寂时能抚慰能感知

我们的梦想会超越能看得见的一切

将我们的梦想变成现实

在我们所有的回忆中创造

像畅饮美酒一样畅饮

属于我们自己的甘甜醇香

那么，请记住曾经为我们的泥土

那里有永恒并在永恒中长存的谷物

以及胜利的荣耀和梦想的荣光

六十五

153   我回到一直生活着的乌鲁木齐
      重新坐在黄河路一处的房间里
      遥望仍然白雪覆盖的博格达峰
      晨光里的宁静的乌鲁木齐，施与我的记忆
      一群的人民守着边疆，守着信仰
      牧羊人将会在这个季节里赶着一群的羊儿
      去转场，去走羊儿的路，去夏牧场
      光线透过苍茫喷洒着空旷的天空
      向前的步伐，向前的声音，向前的视野
      那辽阔的一望无际的鲜花盛开的草原
      我所有的梦在清晨里流淌   在
      东方的大门启开的霞光里

154   我在光里将梦想伸向崇高的蓝天
      湿漉漉的目光里，天山云端，博格达的童话
      一万匹的骏马在草原上奔跑
      耳坠扇动着啸啸的赞美
      唇齿间饱尝泪水盈盈的时光和紫苏
      我的被遮裹的心泉已如趵突泉眼
      我知道一个吟游诗人正在为她歌唱
      并将携带着所有各个民族的爱
      穿过草原，穿过戈壁，穿过吉木萨尔北庭褐色的宫殿
      胸怀着她的赤诚信仰和牛奶一样的话语
      在清晨的地窝堡回响的天空下
      为社会稳定和长治久安安居乐业的新疆
      祈祷并颂歌生活在那块土地上的各民族
      团结一家亲的所有兄弟姐妹如石榴那样

六十六

155　我在这三月春天的气息里嗅到祖国的芬芳
　　然后再次地坠入梦中，简单而又自然地……
　　我是一个中国人
　　生长在新疆的乌鲁木齐，在天山的脚下
　　我是一个地地道道的新疆人
　　做着一个新疆人的梦，等梦醒时分
　　我正好坐在心旷神怡的草原上
　　空气中弥漫着鲜花和芳草的气息
　　我伸张开自己缩蜷着的身体
　　向天空敞开永恒不灭的火花
　　我是一个孤独的中国人，我因此而自由
　　有人说我的祖国不是一个民主的自由的国家
　　有人说我的祖国是一个专政的国家
　　我举起双手，投下那一张民主的选票
　　我看见，那是人民民主的群众的呼声
　　我以眼见为实，耳闻目睹
　　以一个诗人的真诚，以春天的喜悦
　　谨慎地、平静地写下自由的诗篇
　　就像一条大河流过无边无际的沙漠
　　就在我的内心生长出更多的绿洲
　　我的祖国的空气里是自由的呼吸

六十七

156　我的眼睛在地平线的边缘闪烁
　　我的光亮的头顶上春光在舞动
　　数个时代里的燃烧的巨龙在我的心中
　　我的中国心！我的中国梦！
　　那以泥土为芬芳，以死亡为生命的草丛花木
　　继续在我的可爱的心灵上生长
　　请相信我吧，我从母亲那里汲养的
　　是无瑕地保持着一颗真正的灵魂
　　是透明之光中大写的人
　　我喂马劈柴，在草原上放牧
　　穿着传承下来的旧衣服，在农田里耕种
　　我擦净锅炉，点燃一座工厂的机器
　　我把所写的诗歌给予牧人、工人、农民
　　如那遍及全中国的三月里的春雨
　　飘落进滋润生长的大地
　　飘落在青青草原上牧人和羊儿的身上
　　飘落在脚手架上头戴钢盔的农民工的身上
　　飘落在柔软的土壤和一头牛的身上
　　飘落在迁徙和穿越者的身上

157　我在我的祖国过着简单的朴素的生活
　　庭院里有常见的榆树、柳树、松树和银杏树
　　我和我的同事们生活在日常的工作中
　　有希望，有梦想，也有不可避免的困扰
　　善良在我们心里滋长生根在心底
　　我们生产产品，生产质量，生产仁爱，出售健康
　　我们懂得一切需要我们服务的都是爱的源泉
　　我们装得下大家庭里的父老乡亲和兄弟姐妹

六十八

158　一个人的命运，许多人的命运
　　　一个人的国家，许多人的国家
　　　归根骄傲于自己的血脉
　　　因为一个人要学会掌握自己的命运
　　　因为一个国家要明确将要前进的方向
　　　和崇高的使命
　　　千千万万的人民
　　　和崇高的信仰
　　　手手相传，心心相印
　　　炽热情怀中的
　　　无论是农民还是工人是学生或是士兵
　　　我们都在经历相同的命运
　　　是我们的家国情怀

159　可爱的祖国啊！
　　　我曾无数次在梦里梦见在为你高歌
　　　今晚，繁星满天，我为你而歌
　　　啊！我的祖国，我的梦中的你
　　　请让我对着高高的山冈对你说
　　　我一直在追寻着国家和人民的梦
　　　那便是使我魂绕梦牵的肥沃富饶的中国梦
　　　我的伟大的祖国在伟大的人民的奉献中，跟着
　　　伟大的领袖活在平静的生活里，我因此，怀抱鲜花
　　　在清晨将爱含在含着泪水的眼睛里
　　　并将眼泪化作生命之水
　　　一个诗人的心声：亲爱的祖国
　　　伟大的母亲，我爱您！

六十九

160　尽管各种深度好文章，一则消息，几条微信
　　可能会传播一些令人担忧或者可怕的东西
　　玛雅人一样预言人类将要在某一时刻永诀太阳
　　于是挪亚方舟在美国之夜里浸泡在大雨中
　　恐慌与悲哀，饥饿与困兽，生死离别
　　还有风雨中细细的呼喊
　　一切，一切的黑暗中的　一切
　　最后出现的光明，成为人的梦想
　　梦想的力量，信仰的力量

161　中国的巨大变化日新月异
　　当我的诗歌如乐章落在琴键上
　　如海鸥的翅膀拍打浪花的海岸
　　如天马奔跑过无垠的草原
　　一个缄默的声音穿过我的血管落在这些诗行

162　中国人的梦和梦的灵魂
　　圆圆满满，结结实实
　　就是这样难舍难分
　　就像精神和肉体不可分割
　　就像鱼儿和水
　　就像土地和种子
　　就像白云和蓝天
　　就像风和日丽

七十

163　走在祖国的大地上

　　竖立起永恒的旗帜

　　中国，伟大民族的复兴梦

　　因你的伟大人格和尊严

　　因品质而更加绚丽、更加灿烂

　　世界的目光关注着

　　中国的光荣与梦想

　　一个一百年来长长的梦

　　在这个美好的时刻里

　　展开梦的翅膀飞翔并

　　相互彼此呼应，当美丽的梦

　　将我们带入白云蓝天

　　我们的翅膀比天鹅更能飞翔

164　不管是昨天，今天，还是未来的明天

　　春天的气息已在祖国大地涌动

　　顶层的设计，有条理，有方法，有格局

　　有着宏大构想的雄安新区的方案

　　已经呈现出了祖国的宏大和广阔

　　也将会以雷霆般的轰鸣奏响

　　中华大地春天的交响乐章

　　下一个一百年更加美好的蓝图

　　这个时代的我们肩负着的

　　中国梦的发展与进步的壮丽篇章

七十一

165　　我置身于中国盘古的国土
　　　　为了要颂歌我的祖国和人民
　　　　我履行着一个诗人的夙愿，不仅仅是对
　　　　这坚实大地的缅怀，还有坚定的信念
　　　　我们的人民在中国共产党的坚强领导下
　　　　在建造真正的幸福家园，实现一切的梦想
　　　　不是夸夸其谈，是中国人民英雄的劳绩
　　　　正在取得令世界瞩目的光辉业绩
　　　　一切的梦想都在一切人民的心中
　　　　在中国人民追梦的道路上
　　　　也因此产生出独特的万象
　　　　是世界的，人类的宏伟气象
　　　　海纳百川，以及更大、更为辽阔的融合
　　　　更为无限的未来
　　　　是人民伟大的领袖和他的人民
　　　　保持不忘初心，站在更高的历史舞台
　　　　向世界，向人类向未来描述中国精神
　　　　为人类和平共处提供一个圆的地球方案
　　　　从人类命运共同体的价值出发
　　　　以解放人类已感受到的，所能产生的
　　　　黑暗中的愁闷动荡不安的浮尘那里
　　　　恰好，以中国的也是人类的博大方案
　　　　以引导人类沿着富于光辉的道路
　　　　一起建设我们人类所迷恋的地球

有心灵引导的梦想

七十二

166   我为你而颂歌，一个剃着光头的诗人
以他诗歌的语言　　以心灵所引导的梦想
激发全体人民梦想的激情
诗人是一个彻底的共产主义信仰者
从理想那里坚定地朝着梦的方向
因为诗人相信有梦想就有心中的怒放
就有奋斗就有实现的那一天
因为诗人相信梦想是开启命运的一把钥匙
并能在时光与岁月的天平上称量
一道光的力量

167   当一个诗人剃光自己的头
洗去他头顶上的尘埃
还有夜晚里万圣节的人群
和他沉重的鼾声与一抹的鼻涕
和他含着眼泪的双眼
和他滚烫的嘴唇并将一朵鲜红的花儿和
他的诗歌和日益增长的敬重之意
献给党，献给祖国，献给人民
献给你，献上他心中的诗篇

168   当暮色在十分遥远的喀什噶尔成为宁静
清晨的霞光会从我书写的一页升起
那里流淌着我们共同的时间和共同的星空
共同的记忆、共同的信念、同样的情怀
一切的诚实和平凡　　只因你就是一道光
穿透一块石头滋润一株草
在阳光灿烂的假日里安度时光
在柔和清风的吹拂下进入梦乡

七十三

169　一个诗人的梦，梦见了春天
　　梦见了辽阔的草原和原始的森林
　　梦见了诗人眼泪里的话语
　　梦见了陨落的星辰　梦见了不朽的声音
　　梦见了一丝的笑容　梦见了致命的愉悦
　　梦见了蓝色的海洋　梦见了血色的天空
　　梦见了金色的阳光　梦见了圆润的月光
　　梦见了闪烁的花园　梦见了笑着的人类

170　一个诗人的目光穿过　轻舟和风帆

171　眼望着的岁月与流淌的水，汇成
　　河流，小河、大河、长河、江的河湖的海……
　　没有哪一座山可以挡得住河流
　　没有哪一个岁月可以挡得住时光流逝
　　一切的长河流向一去不返
　　一片的大洋大海汇聚了我们要知道的一切
　　一切的诗歌、一切的音乐、一切的细语
　　一切的一切都是掠过我们面孔的浪花
　　是散落在岁月时间的一片片树叶，一朵朵花儿
　　那里藏着梦想曾经有过的和已有的　梦想
　　如我们读过的一首朦胧的诗
　　夜里或是清晨的一次迟疑　或者
　　向远方的一次眺望，梦的飞翔
　　飞出小小的心房，飞过落日下的鱼米之乡
　　广袤的大地和辽阔的大海
　　看到更远的远方多么美好可爱……
　　步入今夜里，闪烁着的神圣
　　一个诗人，以他滔滔不绝的泪水
　　一如大海，汇聚，如水的仙花
　　透过花丛，展望母乳般的天空

七十四

172　十三亿的目光穿过祖国大地

　　注视着北京庄严的中南海

　　在健全民主、自由、宪法的天空下

　　作为国家的公民

　　赢得了想都不敢想的一切

　　享受人间花香正浓的芬芳

　　一个和谐、仁爱、富足、自由的国度

　　还有许许多多的若干的、重大的……

　　符合整个国家公民公正公平的法律

　　在你的掌心里得以实现

　　并得到祖国母亲的呵护和

　　人民群众雷鸣般的掌声

　　人民因此拥护干净透明的力量

　　在大连蓝色港湾的造船厂

　　在京津冀一体化的"雄安"精神中

　　在漫山遍野的桃花李花争艳的世界里

　　在全面实现小康的一个民族都不少的誓言里

　　在永不停止永远追求的精神里

　　中国人民意志坚定地

　　朝着那梦的方向奋发向上

　　朝着更加接近的梦想

　　奔跑……

七十五

173　这是一个伟大的时代
　　丝绸掀卷"一带一路"的清风
　　吹尽黄沙，一览无余
　　更红的朝霞和更生动的一片云飘过西域的天空
　　我们的梦在高处，群星闪耀
　　如果高处就是红色的马群
　　那高处便是更高的金色牧场
　　生长出翅膀的梦想，赤色和金色
　　正丈量着我们　唇齿间的爱恋
　　和田石榴以其鲜血涂红我们的嘴
　　铺下层层叠叠的玫瑰花瓣

174　我们昂首阔步　你
　　将一个民族的梦想与荣耀朝向更高更远
　　穿越无限的平原浩瀚的星空
　　宛如在人间的一条飘逸的丝带
　　将我们带向要抵达的彼岸
　　以太阳的力量引领人类的未来
　　让世界的各个民族，各个国家，一切的人民
　　看到"一带一路"的壮丽
　　汇聚人类命运的心智揩干汗渍
　　一起沿着我们时代的"一带一路"的梦想之光
　　让它穿射进所有一切有梦想者的心底
　　在每一个人的心底盛开硕大的花朵
　　来自东方大地的中国观照的人类的梦想之花
　　带去人类伟大的和平之花
　　带去"一带一路"上的光明并走访光明
　　而世界的东方，时光里过滤后的石榴汁
　　我所顶礼膜拜的伟大时代

七十六

175　在这个伟大的时代里
　　在这片红色的土地上
　　人民听见了你的声音
　　也是一切人民跳动着的心声
　　你的声音昭示黎明前的
　　黑夜失去了周遭的混乱
　　在你的精神的映照下
　　一个民族复兴的伟大中国梦诞生
　　海外的游子在大洋的彼岸
　　看见了洱海上空的云朵
　　大山里的少年儿童在云端里看见
　　高高飘扬在天安门广场上的五星红旗
　　大学里的青年学子开启创业之门
　　新生代的农民建设新农村家园
　　各民族大团结欢欣鼓舞
　　昂首阔步的中国人民将梦想化作
　　火焰般的誓言示以行动
　　心连心、手牵手，结成兄弟般牢固的岸堤
　　如你所言，"兄弟同心，其利断金"
　　因此，人民带着你精神的桂冠
　　从蓝色港湾的梦想中出发
　　以行动超越一切的空谈
　　以炽热的雄心实现勃勃的复兴大业

七十七

176　这个声音就是淳厚实诚的你
　　你向人民，向母亲娓娓叙述
　　你向人民款款走来
　　你是将死亡化作生命的人
　　你是可爱生命的光影
　　所有的人都欢迎你，喜欢你
　　因为你的言辞闪烁着梦的絮语
　　像冬日里实用的一膛炉火
　　那么的全心全意
　　那么的热烈
　　那么的执着
　　你是灿烂的春，柔和的光
　　你是知觉里的血液
　　你是故乡的亲切

177　你曾经肩扛锄头背挑粪
　　种过地，拉过煤，打过坝
　　你在劳动中创造希望迎接光明
　　因为你始终坚信劳动创造梦想
　　一切梦想必将在劳动中实现
　　你因此树立了牢固的信念以及
　　信念中忠诚于祖国和人民的赤诚
　　作为一个彻底的共产主义战士
　　你的信仰从未动摇
　　并将你的全部的爱无私奉献给了
　　祖国和祖国人民

178　你在"五一"国际劳动者的节日
　　掏出自己的红心赞美劳动光荣
　　并握紧每一个劳动者的手
　　如同握着自己的手
　　因为你是始终相信劳动人民的力量
　　因为你始终看见古老的土地和梦想的种子
　　你就是埋在黄土地上的种子和
　　不能将我们彼此分开的养分和万紫千红的甜蜜

七十八

179   你提及了革命的情怀、斗争的言辞
　　　 以及理想，信仰和全部的自信
　　　 你吹响了号角正响彻四面八方
　　　 就是久违了的也缺失了的声音
　　　 是我们很熟悉却变得很陌生的声音
　　　 为何会是如此？
　　　 我们能够正常地活着正常地死去吗？
　　　 我们上下求索千百年或是五千年
　　　 建设我们美好的家园
　　　 我们还记得来时的路吗？
　　　 在迷失后还能找回一条——
　　　 布满我们自己命运的道路吗？
　　　 我们一无所见却又看见万物
　　　 与心中的自己相遇却又绕道而行
　　　 在迷失中忘记了自己的过去
　　　 也无法到达自己的未来
　　　 一个拾遗者和一个遗弃者
　　　 他们用期待的目光，渴望心灵
　　　 在神圣朝霞红光四射的清晨
　　　 在升起太阳的心中
　　　 人间的大爱越过广场
　　　 所有的人都能听得到的声音
　　　 以最初的原声传向很远
　　　 传递一切救赎者能够——赎回

180   如果，一定要面对祭坛上的灵魂
　　　 我将扯一块丝绸在季风中
　　　 守候一切的归来

七十九

181 　十月，阿克苏红旗坡上的苹果红了
　　无边无际的栗树林里栗子熟了
　　金色谷穗的光辉
　　十月里的风，裹着秋收的长风
　　挟着舒展了的云朵
　　也卸去了诗人头顶上的沙尘
　　旗帜飘飘的祖国，信心坚定的人民
　　那厚积薄发的展力
　　如席卷大地的春风
　　吹走尘埃和雾霾

182 　丰收的果实，大自然的默诺
　　当诗歌的辞赋从这里开始
　　穿过田野，穿过城市，穿过时光的隧道
　　也穿过诗人如歌的记忆
　　铭记在心，那刻录下的庄严允诺
　　整个世界的目光都在注视
　　宇宙间传播着这一嘹亮高亢的声音

183 　深水的区
　　　　艰辛的路
　　　　　　勇敢的心
　　　　　　　　壮丽的梦

184 　我因此，谱写诗歌并用心歌颂
　　其生命及其光辉并
　　拥抱慈悲的母亲

八十

185　从你的缅怀当中，看见自由之光
　　　如意，一如，一块羊脂玉，完美无瑕
　　　我的祖国，一个东方明珠中的巨人
　　　在春天里和一头牛牵着犁铧
　　　当层层的梯田浸入泥土的经脉

186　三月，四月，五月，六月
　　　七月，八月，九月，十月

187　我们会在深醉的岁月里看山花的烂漫
　　　和蝴蝶满天的气息和一声口哨
　　　中国人民，用智慧的大脑，以仁爱点亮真知的明灯
　　　并感谢滋养我们的大地，万物生长
　　　与天下、人类，共商、共建的命运共同体
　　　越过天空，穿过陆地，走向蔚蓝
　　　大洋彼岸的美洲、欧洲，及其西洋镜里的季风
　　　会些许有点不安，有些躁动
　　　正当美国的"亚太再平衡"飘风向海洋时
　　　恣意膨胀的放纵　　不必晒秀肌肉
　　　一个敦厚的大地，可承受一切的一切的
　　　高瞻远瞩的东方，土里土气的样子
　　　那便是中国人活在当下唯一的爱恋
　　　我们是最贴近大地的东方人
　　　因为东方大国的智慧以宽大为情怀
　　　从她的胸怀中向世界敞开
　　　并向一切的人类把她所蕴含的种子
　　　已经在她的"一带一路"上的陆地与海洋
　　　草原与荒漠，从任何人民的需要的
　　　生命那里播撒繁殖盛开仁爱的花朵

八十一

188　当十月，在看不见的腥风血雨中收获
正义之神赋予你真挚目光
你是祖国的儿子娃娃
是校园里孩子们的大大
这样的称呼不仅仅是你一个人的一辈子的
而是我们对国家的愿望
一种亲切和内心的情感
一种信赖和更深的源泉
许多的期待和梦想……

189　你亲切的朴素的平易近人的
行走在街巷村落和大路上
步履平稳而坚实
从容而自信的
融合你的和所有中国人相同的血脉
带着一个民族的目光和荣耀
共同走在伟大的中国，民族复兴之路上

190　你心目中的事业是党和人民的事业
实现中华民族伟大复兴是
近代以来中国人民最伟大的梦想
今天，你已看见梦想的光芒势不可当
那遮蔽太久的各种雾瘴正在消散
你捍卫中华民族的传统
你独一无二的初心
是一百年来的特征，更是下一个一百年的目标
你言辞闪烁至人无梦的境界
已成为中国人民实现梦想的行动

八十二

191   你在狂风暴雨中启航
        拐过了滚滚长江向大海的蓝
        勾画国家与民族的远大前程
        在你的心灵之前已胸怀大志
        正如海上升起的明月
        圆了我们圆了又圆的中国梦
        为了这一个民族坚定而又深刻的辽阔
        为了我们绚丽的梦的每一天
        你在净化曾经雾霾的天空
        为了中国，亿万个灿烂而又辉煌的梦
        为了梦想的翅膀的每一次飞翔
        为了为人民服务的真谛
        为了祖国那质朴的民风

192   你走向思想的辉煌之巅
        记忆中的中华人民共和国向整个世界
        呈现了由光辉构成的悠悠岁月与历程
        向人类共同的命运展示了自己的花轴
        如那妙不可言、韵味十足的丝绸
        伟大的路，整个世界都能听到
        一颗伟大心灵已经炳如日月星辰
        将被视为人类伊始最初的心
        那么，铺满着金色的一起要走的路
        就宛如人类共同的大动脉

八十三

193   你是迈着坚实的步伐
是持久不断地行走的相遇
你继续着先辈们的遗志
缅怀并永不熄灭
在燃烧的火焰中复兴民族之梦
那红叶上的风霜印记了
每一寸时光都在探寻的美梦
我们自己雄心勃勃的壮丽志向
和渴望已久的复兴大业
于是你展开了你的双翼
以及你金色的梦和
你唯有的私有财产和
你含蕴着的阳光财富
因为你自己能听见人民的声音
因为你对祖国无比忠诚

194   虔诚而又纯粹的
是与你与生俱来的
正如你款款落地生根
天空下歌声嘹亮和着你和着
大众心灵中所怀的一个目标
当祖国母亲召唤时
你已经知道母亲已久的梦想和
生生不息的民族之魂
生命和梦想一起飞翔
从梦里奔向更高的天空

八十四

195   你甚至不觉得你是一位骑士
可是你正骑着汗血宝马
把所有的时空穿透
让所有的人看到黎明之光
因为你肩负起了光荣的梦想
当已逝者的生命结队而来时
就是呼啸而来的使命
因此你用整个生命承受所有一切
梅花自知苦寒来
朵朵的雪花儿
会在春天的脚步声中化作眼泪
成为祖国大地四溢的芳香
我会俯首，会去膜拜
你智慧的眼神
会为你捧上最美的葡萄酒

196   你不是诗人，但你的言辞闪烁着灵光
你在高高的山冈，你高瞻远瞩
开启了中国人民新的长征，新的征途
一个新的时代，从各个时代传来
从各个方向传来，从各个人群传来
从星象上传来，从心象上传来
我们这个时代的目标并
依靠我们创造，已然迈步九霄
依靠梦想的力量拥抱
就像送往黑夜里的晨光
温暖并抚摸在梦的边缘
倾听那个流动的那个从各个方面传来的
伟大复兴的人民的声音
那高傲的巍然屹立的中华民族

八十五

197　你究竟能走多远，带着对生命的热爱
　　因为你见识过对生者的怀念
　　因为你早已见识了一切死者的死
　　带着从来都不死去的精神眺望深远
　　穿过时空跨越死亡
　　将生命展示给一切穷苦的人平凡的
　　和抱有希望与梦想的人
　　你所展示的终将不再言死
　　你捧着一颗赤子之心献给一切的生命
　　让他光芒四射
　　像空气、水和阳光一样
　　自然的、平常的、充分自信的

198　你究竟能走多远，和梦想的岁月
　　你不是一个人在走
　　你是一面旗帜，是和人民一起在走
　　你将一直向前行走，走向胜利
　　迈着你坚定沉着稳健的步履
　　怀着庄严神圣的热情与激情
　　坚定地，走向最广大的人民当中
　　带给人民独一无二的欢乐和
　　光明幸福安康的生活

199　为了国家和人民
　　你不会停止脚步
　　为了实现中华民族伟大复兴的中国梦
　　你从历史中不朽的精神里
　　将你的生命与国家和人民相连
　　于是你把一切都放置在坚实的心坎上
　　你就已经在人民的心田里了
　　人民就看到了你崇高的心德
　　你就可以在人民的目光里想走多远就走多远

八十六

200　你，为一个民族树起了里程碑
　　我们自己的里程碑
　　你把一个沉睡中的清晨唤醒
　　然后，向晨光问好
　　驱散黑夜向着梦的阳光
　　直到斑斓多彩的梦升起

201　赞美吧！赞美吧！为中国点赞！
　　然后，英雄的中国人民
　　像砾原上一片片丛生的锁阳不畏炎热
　　像饱受生命之苦乐的芦梗不惧风霜
　　共同站在一起实现自己的梦
　　不去惊扰母亲，不把那些鸡毛当令箭
　　诗人自觉自愿在自己的梦里吟歌颂诗
　　展开视野认清读懂祖国母亲
　　至少你是诗人心中的太阳

202　在你永恒的光辉照耀下
　　我已摆脱了来自深深遗忘的黑暗
　　和众多的人疏远了些许的伤悲
　　我愿赞美你，唯有你博大仁爱的胸怀
　　装得下万舟的海洋　让
　　争吵的斗牛场般的岛屿变为宁静的港湾
　　以你创造的宽度和你的深沉
　　把握住和平并让和平之鸽飞翔

八十七

203　你，代表了一个民族
　　　你的名字与一个民族连在了一起
　　　你是中华民族的灵魂
　　　你完成并正在完成国家重大的事情
　　　用你炽热的心
　　　带着平和　宁静　自由
　　　你头脑清醒，意志坚强，目标明确
　　　你是中华民族高高飘扬的一面旗帜
　　　是你将我们自己掌握了的命运握在了手中

204　我在你的声音里行走
　　　我在你的笑容里漫步
　　　在阳光灿烂的天安门广场上
　　　人民英雄纪念碑
　　　芳香缤纷的朵朵菊花
　　　英雄先烈们泉下有知
　　　饱受苦难的中华民族
　　　挺起了祖国母亲的胸膛
　　　所有的一切都指向了未来
　　　一切都会顺顺利利

205　在通往中华民族伟大复兴中国梦的道路上
　　　因你，人民的心中都有着共同的梦
　　　当领袖，国家顶层的设计者绘就宏伟蓝图
　　　高高的云层上，会闪烁出美丽的彩虹
　　　因此你和一个民族都闪烁着宁静的智慧的色彩
　　　你也许看不见你的身影
　　　因为你是至高无上的光
　　　你在这个伟大的时代心存高远
　　　光与色，光色里的你，和大地和天空和
　　　你一脉相承，言行一致

八十八

206　你出发的地方来自内心
　　　你出发的力量源于内心
　　　你出发的方向在于目标
　　　是春的气息，秋的金光
　　　是梦和灵魂的契合
　　　你行走在这条分外妖娆的路上
　　　心底里怒放着永不凋谢的花朵
　　　每一步都和复活相伴，一点一滴
　　　携带着一道光亮和我们的梦一起诞生
　　　铺出这个时代光荣的道路
　　　连接过去的和将来的
　　　正确的和影响深远的

207　从打开一扇门到
　　　打开千万扇门
　　　眼见为实都得以实现
　　　湿润的眼里，那一道感动的光
　　　彻照我们梦中的明媚景色并
　　　将我们引入永恒的光明
　　　那更加栩栩如生的梦境
　　　那将是理所当然的家园
　　　每一个人都把它镶入梦的内核

208　一起朝着可以预见的方向
　　　看那飞向九天云外的神舟
　　　已不再是梦中的天女散花
　　　将这十月的日子统统集结
　　　朗朗乾坤　以最初的梦想，点燃生命
　　　并点燃一切千万的星云

八十九

209   你提出了中国梦
扬帆二十一世纪的海洋
唤醒沉睡千百年的"丝绸之路"
你总体布局"五位一体"和"四个全面"战略
每一个思想都指向中国梦的方向
都保持着"行稳致远"的自信
以坚定的信念、壮士断腕的决心
将目光投向初心不忘的前方
人民是国家的主人
是同呼吸共命运的基石
你的信念和信仰也来自人民
因为你始终相信
是人民在创造财富，创造历史
一切光荣的时刻都属于人民

210   你从人民当中走来，又走进人民
你曾经是梁家河塬上的农民
是村子里的党支部书记
你在山沟沟的窑洞里，炕上有跳蚤
却挡不住煤油灯下的思想
你用沼气点亮了黑黢黢的梁家河
也点亮了你人生开启了命运的旅程

211   你一路走来，直到今天，也不是所有的人
都知道你的人生宝贵价值的来路
你一直在创造着，在行动中收获梦想
一直在必需的事业里锻炼自己
一直在人民当中认识并培养对人民的高贵情感
如今，你离开了梁家河
但，你把心留在了梁家河
你把人民的心揽在了你的胸怀里
你将信仰的种子播撒在了肥沃的土地上
是仁爱的、善良的、诚实的、奋斗的种子

九十

212　你在祝愿祖国昌盛，人民幸福
　　　你心中的祖国　心中的人民
　　　从你的心底滋润着你
　　　你胸怀着国家的、人民的、未来的梦想
　　　以博大的超出寻常的远见
　　　穿过一切的阴霾和厚厚的云层
　　　直入云霄将朗朗晴空
　　　给予一切人民并将人民的梦想托起
　　　现在，未来都不会有白日毁坏我们的梦
　　　现在，未来的一切都会变成现实
　　　因为你的心灵早已放飞
　　　越过高高的山峦、层层的梯田
　　　跨过一道道的沟，飞越过大洋
　　　你从人民中走来又走进千家万户
　　　耕织茂盛，焕发生机，汲取力量
　　　沉重地承载起
　　　中华民族复兴的大业
　　　从悠悠千百年的历史中
　　　虔诚传承祖先们、先烈们、英雄们
　　　遗传给我们的命运

213　我能听见梦想的翅膀徐徐展开的声音
　　　它正在穿越一切黑暗的幽灵
　　　犹如太阳只为光明。丰饶大地上，亮丽天空下
　　　芸芸众生的生命在那里燃烧
　　　穿过无数的黑夜将不会再有黑暗
　　　并且在祝福与祈祷中实现你的光荣的梦想

九十一

214　你微笑着红光满面地穿越天空，大地
　　你的思想如地球一座火山熔岩翻滚
　　沸腾的、饱满的、热情的火焰
　　是一个民族熊熊涌动的血液
　　是一个民族闪烁的时代脉搏
　　你的思想承载着日月星光是
　　万丈光芒中的人在黑夜中抬头时
　　落入心中太阳的色彩
　　金色的放着火红的光芒
　　普照在火红民族火红的土地上
　　为大地穿上了五彩缤纷的盛装

215　你以宽厚开辟星辰的轨道
　　你以博大绘就蓝图的色彩
　　在通往现实梦想的道路上
　　一切的人民都在爱的抚慰中
　　和着欢乐和融合，和着极致
　　敞开像大海一样的蓝色心胸
　　怀着晶莹的浪沫和激流
　　以清晨太阳映衬的柔和，以爱的炽热
　　随你的目光，逐波远行，驶向海洋
　　那里蕴藏着充满美妙歌声的梦境
　　那里孕育的饱满激情的兄弟姐妹的力量
　　孕育在蓝色的梦中
　　孕育在最初的信念与信仰中
　　只是为了追求那一个伟大的梦想
　　你已是现在光芒四射的现实和憧憬
　　你已用一颗伟大的心和许多心成为团结在一起的心

九十二

216　你是后继者　先辈们把冰与火的记忆留给了你
　　　理所当然，你要沿着来时的道路继续前进
　　　并将这永恒的火把，高高举起
　　　彻照一切的黑暗，融化一切的冰
　　　会点亮，会温暖每一个中国人的梦境
　　　在整个民族的血液中盎然升腾
　　　如甜美的葡萄沟的舞蹈
　　　伴着呼伦贝尔草原的乐曲

217　你是那束红色的光芒
　　　你所有的语言里都流淌着
　　　和生命一样的鲜红
　　　你的语言刚劲有力，闪烁着
　　　金的、玉的、水的、电的光泽
　　　因为你，中国的声音又一次响彻大地
　　　是中国人民梦想的再次进步
　　　你不仅仅代表你一个人
　　　你代表更多的人，代表着一个民族
　　　甚至是代表着整个人类

218　嘹亮的歌声是对记忆的昭示
　　　一首美妙无比的歌
　　　一个思恋和崇敬的人物
　　　一个忠厚而沉稳的形象
　　　这个人就是生动光亮的你

九十三

219　伟大的志向，你开启壮举
　　被你高高举过头顶的
　　是我们可以看得见的——中国梦
　　是我们所有中国人的共同的梦
　　是和我们的生命生活紧紧连在一起的
　　是中国梦的灵魂
　　从民族解放、民族觉醒、民族崛起
　　一个世纪，中国人民的进行曲
　　在孤独和梦想中和民族一起结合
　　努力拥抱复兴的梦想
　　并将实现民族复兴的大业

220　今天，你已如金色，已是一片金色
　　是在空气和阳光中结成的硕果
　　你为劳苦的人民大众谋幸福，添福祉
　　更是你永久的感情世界
　　更是你梦的心灵已超越了梦之飞翔
　　你再次的远行，以人类命运共同体的和睦
　　就是让世界的目光向着东方
　　就是让失聪者的耳目一新
　　睁一眼、闭一眼的眼里眼外
　　里儿外儿都是旗帜鲜明的光合

221　今天，你已如昨夜星辰璀璨
　　今天，你已在大地上留下了重量
　　俱往矣，数风流人物，还看今朝

如梦令·序曲

　　丝路漫道忆昨夜，月满西窗，醉解天山明月渡。夜光红缨雁字长，洞天福地。如梦令，月有盈亏，雁音多少，只为相携与人人。道是喜相逢，一池浊酒须颜欢，直指雁栖湖畔，汉唐风屏丝绸路，二千年，梦寄远方，天马啸啸，玉壶金缕，笑语盈盈，梦游神州。关山风月翻新阕，人间：总是万水千山。

　　朔方曾雪花纷飞，如今，沙砾熠熠生辉。四面来风，八方来客，忽然间，遍地蓬勃生机，复活千年岁月，浩歌当新征。五月十五日，江山斑斓，一湖清澈阔天地，丝路相伴万千里，犹到梦魂中。

九十四

222   心中怀着梦的中国啊！
为整个人类大地献出了丰收喜悦
滋养了世界人口五分之一的人民
因此我们都是祖国的泥土
万物生长靠太阳
大海航行靠舵手
诗人要颂歌一代又一代传承的血脉
和你壮志凌云的雄姿
使得中国梦之魂魄崇高伟大
使得江山绚丽，万古长青
使得人民当家做主，幸福生活
这条大路通向共和国的光芒
是洒满人间的阳光
是溢满人间的喜悦

223   清晨霞光里老人们舞剑练身
傍晚灯光下少年们建功立业
红了的枫叶落满甘蜜
取代了往日口舌纷争的苦涩
是人民，意志坚定，信心满满地
在饱经忧患的祖国大地播撒新的种子
正朝着前所未有的满园春色

224   红艳艳的太阳金灿灿的光
孕育了像葵花一样的人民
所有的雨露滋养了生命的丰满
把曾经的梦想映红成
抱成一团的一颗石榴
在阳光和千里明月中
在我们的憧憬和记忆中
安居乐业　美丽人间　快乐地
生长一个民族的复兴之路
献上对祖国和人民忠实的羽翼

九十五

225　我站在我所热爱的祖国大地上
　　一切都从我的内心流过，也包括一颗赤子之心
　　一个真诚而善良的诗人的卑微的心智
　　那么小心翼翼地捧着宝贵的岁月
　　走过无益的纷扰和琐碎的口舌
　　眺望目光里漂游在山谷里云端下的大片鲜花
　　为祖国献上自己的诗篇
　　哪怕眼里装满了泪与哀伤

226　春的气息泛起大地上的新绿
　　春风在吹，吹动节气里新的成长
　　一次次吹响的春风，吹过古老
　　吹动刚刚扬帆起航的波浪，吹向远方
　　我在春风里，随风而行，迎接四面八方
　　在我心中的风雷扩展每一根血管
　　我希望，这轻轻吹拂过大地的风
　　让一切的梦想都能燃烧
　　以炽热融入这柔情的春风

227　一个中国人，可以牺牲他的一切，包括生命
　　但，他不能失去他所热爱的祖国
　　即便没有任何一间房屋接纳他们
　　他们可以一无所有，可以家徒四壁
　　他们可以带着一切的一切四处奔波
　　他们怀揣故乡的家园
　　他们抬头望明月，低头思故乡
　　他们是海外的赤子，他们是守候的故人
　　当祖国的五星红旗飘扬时
　　他们的热泪如那滔滔的江水

九十六

228 兄弟姐妹们啊！
父老乡亲们啊！
我们携着自己回到自己的梦里并
穿越过延亘在那里的黑夜
怀中揣着油灯下的温暖
循着那些公路网，铁路网，互联网……
我们还将在一起回首先辈的智慧
书写过往的峥嵘岁月和快乐时光和
住在延安窑洞里的光辉日子
一起看祖国的大地上高竖的宝塔
当祖国强大、人民富裕
那就是我们红色的太阳金色的秋光
我们用头颅、用眼睛
托起了东方的红太阳
实现不可磨灭不能破碎的金色的梦
是我们内心里的一团火，一束花

229 阳光下复苏了的大地　耀眼的光
金色的北京，一面旗帜
愉快而又有节奏的声音
透明的祖国的中央
高高飘扬的五星旗帜
是血染的风采，火炬和力量
曾经在黑夜里穿行的血色
在遗忘的时光里探寻到了光明
那闪烁着的幸福时光
一如十月的阳光，金光灿烂
一束金光，展开，那黑夜的
一如沉寂处的火把
引领人类走向光芒

九十七

230　2017 年，春夏交替时节的北京，向世界问好
　　活性的梦想，仿佛复苏大地拔节生长的空灵之声
　　在一切睡眠的翅膀上振荡出五彩斑斓
　　一串串生动的画面栩栩如生流过天际
　　以轻柔光合的乐曲，以高亢汇集的乐章
　　从陆地到大海，从大地到天空，从祖国的四面八方
　　从五大洲、四大洋，从世界的四面八方
　　回响交叠中国人追梦的乐章和世界人民团结的欢呼
　　我们坚定的脚步正朝着可以实现梦想的方向
　　越过那高高的山峦和款款流动的河
　　还有刻录着 2020 一个民族都不能少的小康誓言
　　还有梦想中 2030 一个人民都不能少的大道小康
　　喷射闪烁出一种神圣而又庄严的嘹亮

231　哦，极目远眺
　　　　飘落进我的眼帘里
　　　　穿透进我的耳朵里
　　　　融化到我的心田里
　　直到每一滴眼泪落入喜悦的诗篇
　　直到从活着的心里唱出来
　　仍将珍藏在活着的心灵里
　　继续流淌在鲜红的血液里
　　用生命书写伟大民族光荣与梦想的灵魂
　　描绘中国人民进步的伟大胜利
　　谱写伟大祖国光辉的史诗

232　哦，一个人与一个民族的梦啊
　　日月星辰下的柔美曼婉
　　春华秋实里的浪漫星辰
　　叫我如何不去神往　如何不去赞美啊，颂歌啊
　　叫我如何不去呼喊啊，那红色的抚慰
　　那动脉里奔流的热血与爱的呢喃

九十八

233　一个人的梦可以通向另一种很远的远方
　　一个人的路可以延伸到向往的蓝色国土
　　一个人和所有的人们共同担负着一个
　　中华民族伟大复兴的中国梦
　　初心不忘，为民族解放，国家独立，人民自由
　　　　　　　　为正义，为光明，为美好，为幸福
　　艰苦卓绝的战斗，那么多的昂贵的证词
　　已成为刻在人民英雄纪念碑上的光荣
　　沉默的大理石，豪气长存，最高的荣誉和功勋
　　赋予了子孙们接力的勇气与力量
　　中国的命运在永恒之中，从祖先出发的那里
　　从遥远的硝烟那里，从世代传承的美善那里

234　那里仍是我们出发时的路
　　新长征的前方，我们认识自己的路

235　而我，一个诗人，已从浑然圆满的
　　梦想之城归来，捧出盛满美酒的杯盅
　　以欢宴放歌对祖国大地深深地铭刻
　　收录一切的悲悯一切的痴情一切的豪迈
　　颂歌从心底飘悠的美好而崇高的梦想
　　中国啊！我的骄傲的国家之梦
　　请接纳一个诗人热烈的拥抱
　　也像在期待中得到母亲的抚摸
　　在梦想中获得永恒的荣光
　　在无限的天空中永远飘荡胜利的凯歌

九十九

236   一个诗人，怀着敬重，敬畏谱写着他的诗歌
　　　　他将这样的一首颂歌与赞美之诗
　　　　写在祖国母亲柔美雪白的肌肤上
　　　　写进他饱含热泪的母亲的节日里
　　　　写入他跳动着的一颗红心里

237   因为诗人面前有这个时代的一个巨人
　　　　他为我的国家的明天创造了一个伟大的梦想
　　　　他正带领着他的人民满怀期待地
　　　　朝着梦的方向阔步前行
　　　　以庄重的心、庄严的宣誓迎接着梦
　　　　这个伟大的梦构成了这世界的友谊之情
　　　　这个伟大的梦正在解放人类的困惑给予黑夜以光明
　　　　因为他坚定人类命运共同体的信念是生命的本质
　　　　也因为这个梦完胜过了所有的生命之花
　　　　它连着古老的柔美也紧连着所爱的人类
　　　　它在盛开，并将优雅地存在，一直怒放
　　　　在这个富有激情适于记忆的时代
　　　　或是在友好的北京之夜，人类的早晨

238   梦的灵魂，在中国大地上，不朽地延伸
　　　　深深耕织在我们自己的心底
　　　　用火炼的语言，以焰火，火焰
　　　　以鼓足的气场，以恒勇。铸造恒星那样的丰碑
　　　　将中国梦的灵魂呈现到它的过去，现在和未来
　　　　以核心凝聚一个个的个体
　　　　　　　　一个个的群体，实现
　　　　　　　　一个伟大的民族复兴的中国梦！

丝绸之路

——"一带一路"畅想曲

我的国家

　　当黄昏后，当拂不去的薄雾模糊了我的视线，也模糊了一个人的轮廓。假如那是一个没有星星，也看不见月光的夜晚，当我感觉自己正像一个盲人时，我肉眼里的黑暗，我所感受到的黑暗，一定会在那个时刻寻找一片向往的光明。因为我发现自己正在黑暗中。

　　现在，我坐在闪烁着黎明气味的黑暗中，在你看见的沙漠和海洋的那边，我在你正在阅读的诗篇里，在黑暗里随心、随性，一起想起往事，或喜悦之心，或仰望穹窿缀嵌着的繁星，感受海洋或沙漠的气息。

　　现在，让我们谈谈我们的祖国，繁星照耀下的这块国土。这块土地上有什么呢？这块土地上有一条黄河，炎黄子孙们称她为母亲。一如初心的母亲。有一面旗帜，高高飘扬的五星红旗。在一片麦穗，一片谷穗，一派森林的天空下，在正午的阳光下，我们的身体上不断卸下的汗珠浸透着这块土地。我们热爱她，需要的时候，以生命。

　　我想在现在的这个时间，努力倾听那上百年前我们的国家所发出的声音。现在，我们还能听得到吗？如同听到黄河咆哮凝滞在时空里的回声，如此持久地植根于我们对国家的崇高而神圣的心底。在那些一串串的声音里集聚了英雄雄伟的力量和一切的儿女情长。现在，我处在时间的逆差（或者逆光）中，昔日的光辉正落在昆仑山脉上，血红，雪白，那样的纯粹，不容丝毫玷污。

　　我们怀着希望，揣着梦想，我们继续前行。我们来到曾经居住的房舍，泥巴、土块、砖块、木头构造的房屋，推开那扇吱吱呀呀的木质的质朴的门，推开我们来时穿过黑夜里充盈未来的时间，或空洞，或若有所思、所忆。而后，继续穿过一道睡眠中的光线，穿过要发散在夏日打麦场上纯粹的白光，穿过一个人蹲在村口仰望星星用一支烟量出的一些时间。

为了你，我收集沙漏后的雨滴

为了你，我收集沙漏后的雨滴
听见你沙沙的脚步如一个人听雨
看列队飞过天空的大雁
还有关于蜗牛和一只刺猬的歌
和干裂了的嘴巴以及黑烟中的煤屑
死在罂粟壳里的麻雀
和挖掘古墓者的尸首
和染了血迹的一张羊皮纸地图
以及蒙面的盗贼
和泪流满面的汉唐书生
模糊了的汉字课本
观音的脸和菩萨的心
还有我和玄奘，青铜石器与漆器
秦皇汉武，唐诗宋词
笔下生花的飞蝶和龟兹
和奥林匹克运动会的火炬
马可·波罗的信和永乐皇帝的国书
张骞，凿空西域，里海西岸，郑和的西洋
班超，细君公主，解忧公主，霍去病
还有刮风的日子里，风吹雪
已不知去向的驼铃或被迷失了的帆船

我穿过丝路，某一夜，或，某一天
不是为了记住这一个忘掉那一个
坎儿井的水渠，埋在地下的大运河
处处流淌先人们的汗水
浸透了波斯和喀什噶尔的一片地毯
繁星照耀下的河床上铺满了羊脂玉
我捧着的沙漏一如失水的陶罐
贮藏起纯净的空气
散发出泥土的芬芳

我吸吮这迎面扑来的春风
我拥抱这苍茫天际的光影
这是你气息中的生机与澎湃
从前漫长岁月一千年的叙述
一眼风景里复苏的源泉

丝路的风，西西伯利亚的雪

丝路的风，西西伯利亚的雪
北风儿那个吹啊，吹，风儿吹
雪花儿那个飘啊，飘，花儿飘
宙斯的斗篷，天女的花朵
天苍地漫纸叠的白鹤
星月下，光界里，时间的风
塔里木河，额尔齐斯河
向左，向右，向东，向西
时光中，飞扬着梨花的孔雀河
闪烁着冰蚕丝绸的柔光
风雪中绝唱的孔雀
弥漫雪雾中我的北国新娘
和着雪花儿飘落进我的梦中

一粒粒、一片片的雪花和着风
梦的言语，碎的记忆，脚上的麻鞋
穿过古老的河床，穿过时空
在我的唇齿间悄然掉落
博格达峰雪莲的童话
依然在梦里，却不见苏醒
我矗立在西天上，不经意地
经书，咽喉处的炎症和麻木的舌头
头顶上的雪莲花，风雪中的经卷
当然不言不语的典籍

一个念想，轻易地扬起，风吹雪
托了的梦就地实现
和所有的群山一起狂舞

缄默里的我终将融化成

缄默里的我终将融化成
我在人间的夜，蛇的眼睛
风吹雪：冷了的唇，寒了的齿
高处响彻夜光中的碰杯声
我和昏迷的月亮在天山脚下行走
和风吹雪一起战栗
胸口灌满了人间喘不过气的念叨
想起了谁？忘掉了谁？
都是心灵的缺失
刻在碑石上的诗，种植的物种
仍在十二月里的，风吹雪中
纷纷凋谢着坠落下的岁月
依旧吹撒雪花般的日历
在昭苏牧歌的栅栏前，叩响
虚掩的门，一束盛开的阳光
一个热吻，轻率地扬起风吹雪
一膛炉火，追忆逝水的年华

十二月，眉梢间总是挂着一缕冰霜
一丁点儿的响动就化作冰凌
模糊的眼里呈现出一望无际的白幔
像成群结队的白鸽在飞
飘落下的一地羽毛
有如人间的春色
邀月酌饮和田的石榴酒
饮下一颗颗透明的心

无法兑现的言辞
顺着高耸的烟囱，一缕青烟
我在层层叠叠的羽毛中
捧住从天而降的雪花

眺望流淌着冰凌的塔里木河

穿过亘古，染成金色的一片土地

穿过亘古，染成金色的一片土地
映照着昆仑山、天山、阿尔泰山
银光素裹的江山，曾经和现在的不朽
风的链条，拂动在光里的银蛇
风的石磨，慵懒而沉重的岁月
红了的长发在空中飘舞
杯酒释怀，一滴一点的存贮
没有容不下的多多少少
天穹和大地光彩熠熠
一起回味丝路上一盏盏酥油灯的味道
和失眠的气息

我曾经穿过的河西走廊
扛在肩上的行走，我的影子
以一只大鸟迷恋天空的含义
直奔那夕阳里的西天
丝绸上的月亮，绽放着呼吸的星光
那个闪，那个亮，那个亲呀
捧起一把黄沙，发亮的分明的纹路
像风一样飘，像光芒一样穿过
时光中的"一带一路"
秦时的明月汉时的关
丝绸之路上驼铃声声

音尘在，西风呼啸，人间的词话
风中的岁月，如风，如
丝绸之路上的迷迭香，或
苏合香，或一个月亮，风中
薰衣草的秘密，树脂的乳香
马蹄上的雪，化作春雨
你终将看见一颗善良的草莓
在曾经的丝绸上印染出一点一滴的鲜红

瞬息间那六十多年的时光

瞬息间那六十多年的时光
从诞生，奋斗与梦想，你
不惜一切坚持你自己与一条道路的梦想
如一切的草原，一切的海洋
一切的滔滔不息的河流
你的胸怀也同样辽阔和滔滔不息
于是你迎着那丝路飘扬的旗帜
以记忆、以耳朵、以勇气
以心灵、以眼睛、以情感
你看见了吐鲁番的火焰
燃烧在火焰山上的火苗
写下你和你自己的文字
你听见了海浪的声音，之后，与
一个人或和另一个人的邂逅，或与一群人
不期而遇或如约而至
一粒沙砾与海，相濡以沫
至于我们的时光，将
刻在一粒一粒的沙砾上
然后，在蔚蓝天空下
看那一朵苍老的云飘过
飘过迢迢千里万里的陆地和海上丝绸之路

寻求一次新的开始

前前后后穿过的走廊

前前后后穿过的走廊
如千年被剥开了的风蚀
高贵的血统传承着祖先的谱系
那成为雨滴的沙砾
我所听见的声音
曾经的过去和现在的未来
成为我大笑的雨和醒来时
金灿灿的麦浪，天空
灿灿烂烂的日头
照在了我闪亮的光头上
我顶着烈日举着一面蚕丝织成的旗帜
行走在丝绸之路上
仰望头顶上群星闪烁
除了你我没有别的颂歌
我愿意为你守护盛开的梦想之花
我心中的金色光轮
但愿我能够为你的
壮丽和荣耀谱写颂歌
将火红的烙印刻在身体上
以我全部的欢乐颂歌你

潮湿黏稠的黑色

潮湿黏稠的黑色
闪闪烁烁的远处的灯火
我和跳动的声音一起跳动
和目光一同合拢流动的岁月

眺望一切眺望着的目光
品味眼睛里流逝的时间和
穿过走廊的声音，一块空心木中的蚕
沙砾的声音，和月光，和雪崩，和
海浪，和右手上的翅膀
水乳交融，已灯火阑珊
风在吹，吹响失眠的金锁
吹起一粒粒的金色沙砾
风在吹，吹烂失色的瓦片
吹起一波一波的金色水滴
心旷，缭乱，亮丽，一如既往
于是，我沿着长长的海岸线
沿着漫漫的金沙滩
沿着我们一直追寻的祖先的足迹
行进在正确的道路上
意志坚定：一派气度下的本性

所有的人都在丝路上奔跑着

所有的人都在丝路上奔跑着
谁都没有停下来
到处都是奔奔跑跑的声音
穿过乡村穿过城市穿过森林和红绿灯
穿过纸糊的窗户穿过石头砌的墙壁
穿过人山人海，以苍天做证
穿过走廊，与一米阳光为伍
穿过欲望，以一卷丝绸为径
并将自己的身体分成两半
一半赠给过去，一半付与未来
把模糊的嘴巴留给现在
讲述踌躇满志的壮语
激情的流淌，潦草的内心

我自己在这声音的走廊里穿过

我自己在这声音的走廊里穿过
一如一柱风在行走
我穿过走廊将自己抹掉
只剩下这依旧的走廊
我屏住呼吸穿过
就如同一条鱼儿自由飞翔
穿过葡萄的长廊
今夜欢歌，明晚起舞
弹一曲，终将尽兴的曲子
皎洁的明月下
岂能不入木三分
纵有千山和万水
纵有放荡不羁的姿态
也心底淡泊，旨在行远
那一曲的春风怀念着自己
尽兴的酒，满腹的甘甜
当"一带一路"的天空里
结满了一缕缕的蚕丝
大地将为你献上华丽的丝绸
然后，在漫天的繁星下
看见，黄灿灿的金色
看见，绿漫漫的金色
看见，蓝莹莹的金色
千年万年千万年亿万年的
金色年华

我在全部记忆的走廊里穿过

我在全部记忆的走廊里穿过

灿灿烂烂的金黄

我在光亮的日头下捡拾麦穗

一张黝黑的脸和油光的头

用镰刀收割时光的记忆

欢乐或是悲伤

都会从指缝中流走

会在春风里化作雨水

会在子夜的空气里沉落

剩下是我镜中晃动的幻影

和稠密黑色里他人的脸

阴影里不易觉察的沉思

远远地临近了的是自以为是的亲切

才知道曾经已经是稀薄的空气

如今只是眼里的一粒沙砾的遗址

捧在手掌中藏在掌纹中的天空

含糊不清的言辞

比莫高窟还要多的洞穴

暴露的岁月和隐居的日子

一切都在陶罐中生长并复活

千百年来，我们一直在穿过

千百年来，我们一直在穿过

我们穿过走廊后就开始了飞翔

飞向，鲜花盛开的草原

一个能唱歌会跳舞的地方

葡萄、美酒和眩晕的光彩

千百年后，在大地上建成自己的花园

生机勃勃的工业，另一种物质

我们心灵的语言

在丝绸上跳古老的舞蹈

在木本的大草原向迷人的天堂招手

在和田玫瑰香里浸泡

洗去犁具上斑斑锈渍

在葡萄沟藤蔓上祭祀

缠绕住太阳的火焰山

在北庭车师国国王的宫殿里

疲倦的一次睡眠，焚烧的夏日

那一句句的话儿就像碎了的沙砾

石头正在盛开石榴的花朵

包裹住一粒一粒的酸甜

和珍珠一样的晶莹

和羽毛飞翔的日子

穿越塔克拉玛干沙漠

巩乃斯与杏花沟

额尔齐斯河、可可托海及

葡萄、石榴、无花果以及

拉条子、米肠子、烤包子、手抓羊肉及太阳馕

及阿克苏的苹果、香妃的墓及

凿空壁崖殷墟的玉器

艾德莱斯，我生长出的翅膀

在闪着金光的孔雀河上飞翔

空间和时间里的走廊

空间和时间里的走廊

年迈的沙砾，光的摇篮

我的脚步踩在了相知相识的田埂

简朴的泥巴与低矮的门柱

毛驴子和老黄牛

灶台前拉扯的风箱

习以为常的黄昏

启明星的黎明

我的目光越过风和日丽的岁月和
不眠的夜晚和无量佛之光和典籍里
祖先们仍旧嘶哑的嗓音
作为再次相见的佐证

我在苍穹的暮色里滑向另一个夜晚

我在苍穹的暮色里滑向另一个夜晚
飘散着七月麦香的走廊
一个黄昏和一个村庄的骚动
我在怀念中穿过走廊
我用嘴唇收集的记忆在光芒里重现
那无际的迎面和无边的疾逝
在火车的轰鸣声中滚动着
巨大沉重无所不能的来临
穿过走廊穿过记忆中
一千次来世的路和
我来世前的全部黑暗
穿过我那分文不值的泪水
穿过一盏风中的酥油灯和
被风掀开的经卷
和沉寂的丝绸之路
和我沙哑的呼吸
和被改写了的节气
穿过蝴蝶纷飞的人间
展开自己收拢的翅膀
一如既往地聆听不断传来的声音
麻雀们黑压压地掠过的麦田
刈割的嘹唳绯红的脸颊
一排排的红树林
坐在高高的山冈上回忆起
一次一次的分离聚散

所穿过的走廊热热闹闹的元宵
梦呓般坠落在，黄沙与深蓝
盛大的光彩炫目的烟花里
当我的头顶上落满了风的烟屑尘埃
我献尽了的技艺融入泥土
谁在风尘中辨认心灵和站在麦田守望时的呼吸？
谁在黑夜里篡改了原有的味道
谁在黑色的寒冷里热烈鼓掌？
谁在心儿忐忑的步履顿蹶？
在我还是一个孩子的时候

双手捧着的香油灯盏

双手捧着的香油灯盏
扑闪扑闪的火苗
以及麻麻黑下来的暗红的暮色
宛如书法漫过来的山水
一些恍惚在空空的走廊里摇摆
从极高的高处坠落
呼啸着要穿过这儿，穿过
长满了秋季的芨芨草与
月光照耀下的戈壁滩与
滚滚而来的覆盖天际的沙尘暴，穿过
捏在手心里被照亮了的黑暗和
一个小小的屏住呼吸的一只眼的万花筒
和嘹亮的喷嚏，闪亮的鼻涕
在穿过之前就已冻僵在那里的梦
那无尽的黄沙在凝视中穿过
时间的沙砾和漂洋过海的帆船
穿过的声音滚滚而来犹如坠石
穿过的声音滚滚而去犹如琴啸

我穿过那么昂贵的滚滚红尘

我穿过那么昂贵的滚滚红尘
出门游历，或怀有一颗禅意的心
继续穿行在莫高窟排列组合的洞窟
人间低矮的泥巴小屋
门上刻满了死者的光荣
过往的岁月继续如一缕光线
滤掉沉睡的阴凉和一次梦幻
如投下一粒在空中旋转的骰子
芸芸众生赤裸的舞蹈

我穿过丝路，穿过天山

我穿过丝路，穿过天山
在乌鲁木齐美丽的草原
在水磨沟，葡萄藤与流水时光
红山和红润的岁月与月光下的青冥宝剑
唱着歌儿穿过二道桥快乐的山西巷子
吃一串串烤羊肉喝一瓶瓶格瓦斯
那苍老的岁月沉默着在火焰里颤抖
包含了不朽的怀念和舌尖上的味道

我穿过河西走廊沉睡了千百年的土地

我穿过河西走廊沉睡了千百年的土地
还有许多人一样也穿过
所有的人都带着自己的梦想穿过
百里风区的一场十八级大风
吹着赤裸的孩子在风沙中奔跑
人们从滚滚的沙尘中辨认出自己

在风沙里收集用灼热铸造的梦
穿过那守望得见的草原和
被薰衣草染过的黑夜里丰盛的时间
和多年来一无所知的真相
谈论花朵们种种的耻辱和轻贱
蜗居在无花果树下吐露失真的心声
有甜蜜也有苦难全都微不足道

我含满了嘴唇上的青苔

我含满了嘴唇上的青苔
我沾满了身体上的沙砾
我闻到爷爷身上的汗味
我嗅到奶奶身上的香甜
我能踏踏实实地睡着哩
我骑着的毛驴子走着哩
我看见鸣沙山月牙泉哩
像你明眸清澈的眼睛哩
正引领着我向前走着哩
驿站的热炕烧得烫着哩
那一碗拉条子面等着哩

我光着脚，拉着架子车，你看见的样子

我光着脚，拉着架子车，你看见的样子
冰天雪地的时光
那些缺衣少粮的饥荒岁月
繁星下眼巴巴的期待
在期待中的眼瞳失去光泽
形形色色的人继续消耗着，步履蹒跚
我光着脚，拉着架子车，你看见的

在渐融渐化的积雪中行走
油腻的棉袄里揣着阿克苏的苹果
从西西伯利亚吹来的风
掠过终年积雪的汗腾格里峰
吹起沙漠中如笛的一望无际的黄沙
当黑夜降临时，飘舞着长发的女人
如期而至的睡梦
身体像是一团发光的羊绒
她在飞翔，但没有翅羽
丝制的飘带像多彩的云
鲜艳的莲花盛开在童话般的博格达峰

我再度抵达长安

我再度抵达长安
敞开的城门青石砌的路
天马的气息撩动巴音布鲁克干草的芳香
千万里外的楼兰栩栩如生
大群的红嘴鹰飞过孔雀河
我希望攀上南郊的大雁塔
升到云端里眺望天山高高的松柏
祈祷千百年来的一次次往返
我希望走进大秦帝国的兵马俑
和身披铠甲的将士一起迎接朝阳
在寂静里守望疆土

我漫步在长安的街坊
踩着早已不知去向的往昔
在鼓楼的钟声里切切思念
我穿过漫长孤独的河西走廊
穿过所有的沙砾
游子的身上早已衣衫褴褛

行者的目光正从云端射下
俯视着古老的丝路
沿途的老牛吃着青草
是谁离开了自己褐色的土地
是谁在走廊里来来去去
我所看见的丝路正在飞越
越过博斯腾湖
越过太平洋、印度洋
在人类的地球扯出一条亮丽
光芒四射的陆地和海上丝绸之路

一个人的梦中生长出"一带一路"

一个人的梦中生长出"一带一路"
阳光和烽火，大海与山川
穿越过他那卓越思想的路
好似日光下的海市蜃楼
承载起千年的遗址和百年的梦想
以及北屯绿茵茵雪白白的棉花
以及早已被风蚀毁损过的丝路
和诗人梦想的翅膀
以及因思念而等待着的一次漫长旅行
我必须向古人询问路线
先人们留下的陶罐早已醇香
还留下了北庭的宫殿和
散落在尘埃中随风飘游的羊皮地图和
苏公塔里陌生的文字
而所有的风都在述说着同一个声音
来自达坂城的声音
一遍又一遍地重复着的……

我继续行走在丝绸之路上

我继续行走在丝绸之路上
不再回首并将厄运抛在脑后
我不敢在东张西望时献出时光
我只能依靠回忆并将它融化成
你正在阅读的诗句
如你所看见的丝路花雨
我想用嘴巴吹一吹
将它吹向苍茫茫的天空
看那九天揽月
因此，我四处游历
去了周边的国家
一样的人类、一样的遗址
并与我的诗词和人类的灵魂
一起悄悄地回家
回到我写的诗歌中
然后，我为你谱写出最动听的曲子
只因，是你如此，如此的情怀
我就领悟了全部的意义
就抬起头来，看一朵花，看一片云
看大海，看大地
看天空里金色的麦子
以便呵护生命中永不熄灭的火光
所以，我满怀着火热的心愿将
这"一带一路"上的伟大心灵传颂

一棵棵的大树纷纷倒下

一棵棵的大树纷纷倒下
一片片的黄金叶子飘下
千百年永不腐烂，而

裹着尸首的布都已烂了
我，将双手合拢，放在宁静的心上
不斤斤计较，不讨价还价
因为劳动可以光荣，勤劳可以致富
人和人的手要拉着，人和人的心要牵挂
然后在人类的大地上
仰望着天空，一起数一数天上的繁星，那
数不清的星星啊！
我们都是一颗颗在人间闪耀的星星
闪烁着并刻录下我们共同的记忆
在梦想中穿过走廊
在丝路上永恒的光芒里飞扬

我在祖国母亲的怀抱里

我在祖国母亲的怀抱里
在卯时与你相见
在穿过河西走廊以后
就永驻在了阳光灿烂的地方
我在那个地方翩翩起舞
欢畅美丽草原
艾德莱斯，犹如丝绸的丝
在春天里摇曳了风的色彩
当我在八月之光里遇见
孔雀河，就是遇见了美好
那半城的梨花，半城的水

我因此掉下了感动的眼泪
再次为羔羊们奏一曲欢乐之歌
也因此写下这篇诗章
用我沾了吐沫的彩笔
谱写人间美丽的画卷和心灵的乐章

迎着那清晨的第一缕阳光

在劳动中获得欢快和幸福

坐在正午阳光中的三棵树下

和我们白了头发的祖先们

喝茶，嗑瓜子，唠叨一些曾经的青春

然后，一起高高地站立在群山之巅

抚摸比天还要高的志气

眷恋我们东方的家园

听那嘹亮的歌声掠过森林

为我们所热爱的祖国

披上多彩的、鲜艳的霓裳

我内心里密密的种植已色彩缤纷

我内心里密密的种植已色彩缤纷

我在子午线下的阳光里温暖昨夜

满眼里收录新鲜事物

和大把的小蜜蜂，大群的小羔羊

行走在丰饶的草原和辽阔的海岸线上

修剪刺蒺藜野菊狗尾巴花

识辨带毒的野蘑菇

慷慨的一次丰厚馈赠

时光就把整个夏天带给了人间

一碗醇香的酥油奶茶

品尝中国味道并怀念美的心灵

不再抹掉脸上的盛夏

我因此用诗歌，本色地

谱写明眸恬静的流光

以及人间的新气象、新格局

习习的风和九月芬芳的薰衣草

节日里苍穹下一处农庄

世居的古代人的果园里
眼睛看得见的燃烧
正为天下烹饪美味佳肴
人们可以津津有味地一起品尝
所有的气息更久更远的那份真情
熊熊燃烧，栩栩如生
展现千百年来丝绸之路上的信念
以及落满人间的丝路话语
以一只春蚕吐尽一丝一缕
牵扯住人类最遥远的穿行
记住当然的家园
依旧被双眼召唤
那飘过天空的云朵和
相依相伴的远行
然后，载着我们轻盈的身体和思想
根茎强大，叶茂花艳
直到树上开满了花挂满了果实
我愿沏一壶罗布麻茶和你相饮
当一片云朵飘过我们头顶的时空

我穿过的走廊，丝路的岁月

我穿过的走廊，丝路的岁月
云朵里的雨落在花丛
我沿着天山，沿着篱笆，沿着长长的丝路
包含飞翔的意念
修炼寂静苍穹的教义
寻找属性相关的休止符
和眼中一粒沙，沙砾的品格
和焰火中跳动的丝绸之路
我愿意继续行走
当夕阳斜照在喀什高台民居半掩的门扇

聚焦收集了一双纯贞的眼眸

那无限的期待与渴望

正在与光穿透我身上的时空

又将那一脉相承的血液

注入我们自己的生命

理所应当地穿上艾德莱斯绸

打开跟我们一样相同梦想的星辰门闩

如唇齿间的呼吸和彼此呼唤

让歌舞穿过透明可见的空气

也穿过能让你看见的诗行

星光在一览无余的天穹

星光在一览无余的天穹

闪烁着孩子们奔跑的梦想

你看得见的孩子们一路跑来

在清晨里将所有的太阳托起

在灿烂的阳光下绽放梦想

如果，我愿意吐一缕蚕丝

或变成一块丝绸

用生命的颜色和骏马一起嘶鸣

穿越无垠的草原和浩瀚的森林

你一定能听见帕米尔的高原之歌

和昆仑雪峰远古淳厚的声音

浑然倾泻千里熔岩，万里交融的

无数深藏的隐秘岁月

一串串的脚印，一声声的驼铃

翻阅一页页的历史

一条丝绸之路延伸到至远

今夜天穹下的人间

一张发黄了的羊皮纸叙述古老的故事

你能听见的一切涌动

我继续行走，穿越被风吹响的时光

我继续行走，穿越被风吹响的时光
万物的森林和密密的村庄
款款的河流，月光下的丝带
带走了被时间吞噬的无尽岁月
我在流动的时光里酣然入梦
梦见河西走廊里大片大片的盐碱滩
白色的咸涩的雾气弥漫着秋天的芨芨草
清冷的月光下一头毛驴车和
留着山羊胡子的祖父
一列轰轰隆隆的火车冒着黑烟
疾驰而去
我看见了火车离去以后，沉寂的村庄
八月之光，金黄色的麦田里劳动的我
赤着脚，光着膀，喝着双手捧起的黑河水
坐在曾经满目疮痍的庄稼地里
硕大的太阳将土地和我变成了沸腾的光影
然后生长出巨大的翅膀
越过高高的云层和月光一起回到家园

我独自飞翔，和半个月亮

我独自飞翔，和半个月亮
在夜里和一只猫头鹰说话
飞越过孤独冷漠的北庭残垣
看到怅然而立在庭院依门的祖母
透过薄薄的丝绸，透过皮肤看见一缕缕的血管
看见不再呼吸时挂在嘴唇上的笑容
和裹在金色月光里的高洁
和深邃目光注视着的来来往往的人群
和飘扬着红色长发的马群

我的身体、我的情感、我的翅膀
越过长长走廊里星空下的黑暗
和亲人们细雨般的呼喊
我想停下来，想落在老树的枝丫上
晒一晒早已湿透了的翅膀
就像儿时躺在麦秸堆里酣睡时
被一只老鼠脚趾踢醒
然后抖落一身的麦秸
站在一直延伸到地平线尽头的铁轨上
眺望我所不知的大海和城市

从前，我生活在河西走廊

从前，我生活在河西走廊
无数次穿过走廊
依旧是这条古老的丝绸之路
与先人们留下的尸骸，一同呼吸
一起守候沉默的因果，以光明的信念
带着爱的芬芳以及梦想
从一个季节走到另一个季节，直到
灯火阑珊处，闪烁着金光，与年相遇
再一次展开收拢的翅膀
飞向新的年夜，新的梦想

我穿过走廊，越过沙漠
天一般辽阔的伊犁大草原
颤动的地壳，花与水的密语
我站在昭苏云端的草原，靠近天堂的地方
眺望金色的海洋
聆听聚集在那海浪里的声音
天一般辽阔的海
条条河流汇集出的金色

充满着星星般沙砾般的眷恋
以浪花洗礼
以月色抚慰
繁花似锦的人间

那时候天空中会飘过一朵朵云彩

那时候天空中会飘过一朵朵云彩
像新疆大地上种植的棉花
飘过心田也温暖心房
长长的一列火车载的远道而来的"口里人"
有甘肃的、河南的、安徽的、山西的……
托着一群群"乡党"们的拾花梦
成为穿过走廊记忆中的一道风景
那一朵朵的棉花里蕴藏着秋日的
喜悦,在阿克苏缤纷的苹果季节
一颗冰糖心,红了的果子甜了心
那时候,南疆的太阳挂在月光上方
彻照下的大地　仿佛没有黑夜
那时候,阿克苏红旗坡上的苹果熟了
我的心儿也醉了

我把你比喻成一只不知疲倦的大鸟

我把你比喻成一只不知疲倦的大鸟
和风一起飞翔
和自己的羽毛一起化作春风沐浴
天穹下的人间
你的在人间的人民
愿意和你一起展开翅膀
全体人民的梦

或有海洋的气息，或有大漠的气味
就请你以一颗葡萄的糖蜜
将我们引领，行走在所热爱的人间

丝路上的你已如金色的光
长着黄皮肤黑眼睛的中国人
结识遥远非洲大陆的斑马
和丝绸之路上的骆驼
为自己建立了金色的宫殿
因此你的意志如磐石
站在工厂里，立在田野里，行走在铁路上，或者
和深井里的煤炭工人们在一起
处处都是燃烧的火焰，炽热的梦想
那一团的飘逸，是你
生命中青春的图腾和你展开的翅膀

九月里的花儿，耀眼的光

九月里的花儿，耀眼的光
以光的彻响的火炬
照亮并唤醒沉睡的大地
我和大地化作飞翔的光
以光速携着冗长的迷惑的楼兰
在尼雅的沉香里吐露对你的真情
走在爱着你的人间
回到我生活的城市当中
我坐在长长长长的长安街上
看着车水马龙，瞅着流光四溢
以金碧辉煌信守承诺
我相信，你点亮了的那盏灯
就像天穹的亮晶晶的星，是
纷纷飘落至人间的花雨……

然后，我坐在窗前眺望夜和星光下的城市
透过流动的色彩，灯光闪烁
满目的风景令人陶醉
满心的喜悦令人神怡
那高高耸立在大地上的摩天大厦
像大山里伟岸的森林
那里居住着欢乐的鸟群和美丽的你
清晨，一两只喜鹊在树枝上的叽叽喳喳
妈妈正在灶前为孩子们准备香甜的早餐
等到太阳升至三丈高的时候，孩子们起了床
围坐在一起津津有味地喝小米粥
吃奶酪和鸡蛋
噎了，喝上一杯清香四溢的牛奶
便可以兴高采烈地迎着太阳出门上路
开始一天里所有快乐的学习、生活、工作和劳动
用眼睛，用心灵，用双手，创造今天和未来

那单纯心灵是星光下的气息

那单纯心灵是星光下的气息
直到你把春天带到人间
我因此在人间行走
穿过沙漠，穿过风和日丽
在迷惑中抑制自己在人间的欲望和
优柔寡断的心灵
然后，我沿着你已走过的路
再次回到我出生的地方
看见第一次的冰封，第一次的雪崩
风吹着雪将我融于一次失落
第一次也是最后一次看到充满泪水的自己
我是那个与天地交融后睡得太沉的
拾着麦穗并记忆住你的目光的兄弟

我用洋葱包的"三羊"羊肉水饺

我用洋葱包的"三羊"羊肉水饺
等着你经过时朗朗的笑语
如果可以，如愿以偿地
在繁星照耀下的丝路上
献上所能献给你的东西
不是献媚
而是为了行走在"一带一路"上所有人的到来
包括迷路的人和迷途的羔羊
那丝路的风，吹过后
所有的人在畅怀，风的语种
在播撒花的蜜语
在大地上盛开
并矗立前进的路标
和浪花里的灯塔
沿着"一带一路"
穿过云层和雾霾
向着阳光迈出和谐的步履
向金色挺进

那么，就让我们一起走吧，打开
那一扇虚掩的门
让我们穿过，从前的一场沙尘暴
嘴里朗读黄昏时的炊烟与日落
穿过从前的蹉跎岁月
老牛拉破车，抵达后的一次冻伤
冗长的鼾声和心事满怀
满腹牢骚地打开灌满空瓶的甘州大曲
兄弟之间的一次彻夜长谈
用牙口把往日的事情——咬碎
然后吸着烟，继续喝下甘州大曲
会想起凉州大曲、肃州大曲，乐舞的敦煌

在丝路经卷上风生
在丝绸之路上缔结情同手足和友谊

我这样地不知疲倦穿越走廊

我这样地不知疲倦穿越走廊
反复倾听喜多郎琴键上的丝绸之路
深信我们终将会成为朋友
我风尘仆仆穿过走廊
行走在超过二十一个世纪的丝绸之路
我飞越过天山，那个瞭望时间的昆仑之巅
那个由时间支配的国度里
帕米尔高原上阳光照耀下的
中亚细亚和波斯
叶尔羌河的船和地中海的帆
巍峨的喜马拉雅山和塔克拉玛干沙漠
移动的湖和希腊的雕塑
印度经文和敦煌佛光，佛龛上的脸
一棵树，一座塔，或几个梵文文字
嘴唇和波浪形的长发
夜晚，月光和摇曳的油灯
一株胡杨一棵左公柳和一粒沙枣
和阳光下随风飘荡的丝绸旗帜
陶土的封印和冰封为源的河流
在我穿过之后，它仍将一如往昔
迷人的丝绸之路啊！
孤寂而又灿烂的时光之路
因你，世界才可以变得宏大
因你，世界才懂得发掘
时光是一种坚韧不拔的精神
它以光指引人们寻找他所向往的东西
我意志坚定地沿着丝绸之路

沿着时光的河流
因为我看见了黄沙瀚海里的
滚滚金色
因为我听见了丝路沿途人民的声音
所有的人都愿意辛勤耕耘
愿意劳动致富

我注视着天空里的霓裳羽衣

我注视着天空里的霓裳羽衣
太阳的光和千年的空气
蓝色的风和白色的雪
还有长眠于北庭宫殿的祖先们
我穿过天空下发光的丝绸之路
用同一种沙砾的语言
营造自己的坚强意志
并和泥土和养分一起栩栩如生
将最深的情与爱以千姿万态
还愿最初的胚胎
而我眼中的祖国，透明的红
述说着红色的岁月和金色的梦想
让我们怀抱着鲜花，梦想
掀开一页页的日历
一如既往，继续——
当一切已成为往事
我用口道出心的话语
我是被感召者，是颂歌者
不仅仅是信仰也包括崇敬
我想用诗歌找到自己找到他人
我想知道我，和我们
是不是果然有许许多多的人们
以便一起行走在丝绸之路上

当一切已经开始时
我用自己的步伐来践行
以便更好地领悟"一带一路"
以庄严的历史、沉着的步履、坚毅的精神
让它传达到所有的有梦想者的心底
好让我们沿着丝绸之路
从漫漫的黄沙瀚海开始
穿过戈壁、荒漠、山冈和所有的荆棘
穿过塔克拉玛干沙漠公路
站在古丝绸之路、楼兰遗址和
高高耸立的昆仑群峰之巅
站在千百年奔流不息的喀什昆玉河床上
铭刻丝路的岁月

我张开干裂的嘴巴

我张开干裂的嘴巴
操着沉睡于沙漠中沙砾一样的语言
呼吸时光中存留下来的清香
祖先们的麦粒和袭娜的鲜花
在"一带一路"的红色九月里
展开双臂和花雨一起飘舞
睁大双眼和沙丘一起蕴藏时光
伸出双手和阳光一起绘就灿烂

或梦或幻境断片或片断

或梦或幻境断片或片断
穿流过深度的宫殿，富丽堂皇的玄奥
谁不稀罕这映入水中的倩影
冰山上的来客，那一朵雪莲

盛开在亘古的天山，染白了岁月
又以圣洁绚丽了一如既往的时光
可是啊，我一万次深邃的眺望
而那博格达沉醉的老苍
总像是落入天池的一派冰雹
击荡着，葱翠的天山雪松和
我站在向阳坡恣意地遐想
然后千年的丝绸旗帜呼猎而过
祖先们在远方预言和平
我听见和谐的乐声
在丝绸之路上，和飞天飘逸的长发
正在唱奏响亮悠长的喜悦
但是啊，我充满幻觉的一万次的飞翔
我那长发飘飞的西域少女
我那长河落日的大漠竖琴
我那恋人渐远的琵琶
我那起伏的昆仑山峦
但是啊，但愿我忆起落日时那一缕紫烟
和已经嘶哑了的沉寂的沙砾
以及垂挂在岩壁上千年的一滴眼泪

有的梦，从有着一切有月光的地方升起

有的梦，从有着一切有月光的地方升起
就把一切黑暗的影子吞噬
有的梦，挡不住混浊的雾霾
就有一片落叶与一瓣花朵漂流怒放
有的梦，挡不住电火和冰雹的冲刺
就有一泻而流逝的江河奔腾怒号
有的梦是一次对遥远之情的思慕
就会有人间仙境的桃花长满海的苔藓
有的梦是深沉午夜对一日的一次凭吊

就会在眉眼间割出一道毛细的沟渠
有的梦，正在穿过来时的路上
就有祖先们的形体在幽暗处重生
有的梦缀满了七月的菊花和八月的雨
就会在道士的乐器里沉睡在缀满星辰的天堂里

一切的梦，无数的梦，做着日常的巡行
飘过一朵白云的天际，漫过一颗星云的炫耀
有如穿过河西走廊曾经往昔的驼队
有如穿过昨日秋阳下的一列绿皮火车
有如穿过清晨春光里的中欧班列
一切的梦，所有的梦，都梦见了知情的岁月
不论来自天空来，来自泥土，来自海洋或是一座岛屿
以及密密的森林或高高的山冈
一切的梦都会唤起我们熟悉的灯火阑珊
然后聆听琴声如诉的丝丝话语

我所知道的丝绸之路

我所知道的丝绸之路
它不仅仅是遥远在地中海的帆船
也不仅仅是江南织造的一匹丝绸
丝绸之路是岁月的意志和远处的光
是一砖一瓦的新建设
是一草一木的新耕耘
是一心一意的新丝语
是人人有事做的新常态
是一如既往地劳动、生活和繁衍和
醉人的音乐和
围绕着篝火的舞蹈
让我们在舞蹈中手拉手
心手相连，围绕着光，汇聚成环

在丝绸之路的欢乐歌舞中
实现那些很久很久以前就已哺育的梦想
现在，我们把它称为"一带一路"
在许许多多的声音里
在碎了的浪花和散落的沙砾上
种植海藻和秋葵
在海的浪涛与沙的寂静里
用爱描绘，用心聆听
历史的天空，感召的声音

我，飞越过祖国的蓝天

我，飞越过祖国的蓝天
穿过走廊，大海和陆地
以岁月的名义，用飞天的毯子收集丝路花雨
那岁月的丝绸之路
连着"一带一路"上的祖国和各国
从长安的大雁塔到波斯湾到地中海
一浪一浪宛如金色的多彩飘带
一串一串宛如晶莹的吐鲁番葡萄
一杯一杯宛如夜光下的美酒
一朵一朵宛如生长出翅膀的花朵
生活在那里的人们告诉了我许多许多……
那里的人民和睦相处，幸福快乐
那里的人民勤劳勇敢质朴坚韧
那里的每一个人都在建设自己的家园
那里的家园既是从前的也是以后的
那里是我们所有人共同的
斗转星移后的月光下的家园

我穿过走廊，穿过漫长又古老的丝绸之路

我穿过走廊，穿过漫长又古老的丝绸之路
曾经流沙的遗址、官衙、民居、渠道、
洞窟、佛塔、驿站、坎儿井……
木质简牍和羊皮纸上未破译的秘籍
沙尘淹没了的楼兰和烟雨中的喇嘛庙
史前已在的岩画和鸠摩罗什的心经
干涸了的党河与燃烧的老乌鸦
红了的罂粟和黄了的雏菊
弦上的箭射穿的锅盔，一刹那的迟疑
和亲的公主和将要失散的兄弟
兵事，丧事，婚事，琵琶的事，马群奔跑声
皇历，是一柱狼烟与一次梗阻的伤逝
杯酒，铁蹄下逐鹿，星光和舞姬
帕米尔草原上的花朵
站在莲花座上斜披袈裟的圮毁了的泥像
古人的果园，三棵树下，无花果、巴旦木和
葡萄叶子里红到暗红的喜马拉雅
揉皱了的非梵语和草体波罗米文
地毯、琉璃、金属和陶器以及丝绸
曾经的流沙穿越的走廊
我在古代的丝绸之路上，描述帝国的遗址
波斯帝国、罗马帝国、印度帝国、大秦帝国和
神色匆匆的祭祀者，传教士、喇嘛、婆罗门
比丘和伊斯兰法典里的自我表白
流逝了多少？沉积了多少？又继续传承了多少？
超越了迷宫般起伏的沙丘超越了国界
多少代人的梦想
从那些穿着汉服骑着天马的人们开始
那是大雁塔里大雁们一次沉重的飞翔
一字排开，展翅飞行，以大写的人字
飞行在太阳照耀下的丝绸之路
温暖并将我们的内心复苏

一条河流，一派大海

一条河流，一派大海
一望无际，一片苍茫
呼啸而过的波浪
穿越海上丝绸之路，从东南沿海的港口或
东南亚、南亚次大陆、红海、黑海
罗马帝国，或鹿特丹的郁金香，白马传书
千里之音，丘处机的玄秘，关于巴比伦文明
爱琴海文明、地中海文明、尼罗河文明
东非文明、阿拉伯文明、中华文明的复兴
纬度是伸展的，经度是延长的
亚洲、非洲、欧洲在东方的太阳下
马来西亚、印尼、波斯及波利尼西亚、伊斯兰
至今的战争、格言、爱和罗曼蒂克
以其丰富的海洋
面对金色的亲切
愿天下和平共处

我又看见了草原，大海上的船帆

我又看见了草原，大海上的船帆
清晰地看见喜马拉雅山、天山、昆仑山、阿尔泰山
我又看见了大海，草原的马群
清晰地看见了比利牛斯山、阿尔卑斯山
中亚及西亚的沙漠
以及南极的冰山和
中国的科考船队和
印度、俄罗斯的船只绕过暴风
在墨西哥湾，或沿着古代的海上丝绸之路
绕过好望角
传递一个电波：安然无恙

倘若那丝路的风记得那一缕蚕丝

倘若那丝路的风记得那一缕蚕丝
驼铃定是一路上的琴声
先辈们种植出的智慧树下
已硕果累累
已将荆棘与悲伤连根铲除
如今，我们带着荣光
我们将把"一带一路"贯穿
我们将一直沿着成为家园的绿洲
成为开拓者，也是守护者
在稠密的时光里，和幸福的憧憬中
穿过梦的金色，行走在响亮的现实中
用我们自己的双手，从掌心中
哺育那开启未来的"一带一路"
因为我们有着古丝绸之路的博大胸怀

丝绸，金色的帕米尔高原，太阳下

丝绸，金色的帕米尔高原，太阳下
高仙芝的旗幡、洛阳纸贵的文字
喀什噶尔，正午，地平线上的高台
沙地，一支夜光下透亮的葡萄酒
沙棘，遮蔽沙漠的一颗红果
遥远的风披着歌谣里的烟尘
和清真寺里祈祷钟声的宁静
目光中千百年的时空
金色的光里
我看见马群和坐在马车上的祖先们
以光辉和草原交融，并以包含敬意的嘴唇
缔结亲密的友谊
拥抱天下人间的相亲相爱

历史的天空下，记忆的门，打开的心灵

历史的天空下，记忆的门，打开的心灵
六百年前，远航的船队，似曾相识的时辰
我的脚步尚未达到的，梦中相识的
辽阔而宽广的温柔的蓝色
浪花里蕴含着美人鱼的希望
来自灵魂深处又铭刻在心
航海可以生长见识
可以聆听波斯诗人萨迪的情歌
可以看见右手：太阳升起
左手：太阳落下
从张骞凿穿西域到郑和下西洋的航旅
和陆地上的迁徙一样
可以在大海上迁移
通向文明可以抵达的一切
从太平洋到印度洋，大西洋
哥伦布到访过的加勒比群岛及美洲大陆
仍然在阳光下闪闪发光的大铁锚
强大的中国海上商队和使团
承载着与人类息息相关的和平理念
纪念，缅怀，更多是将目光投向那蔚蓝
我站在祖国的西域，遥望深远的海
朝霞里，怒涛中，那汹涌的潮
起起落落的西洋镜下飘摇的帆

西方有地中海、爱琴海、黑海、北海

西方有地中海、爱琴海、黑海、北海
东方以及东北亚有
渤海、黄海、东海
日本海、苏禄海，南中国的辽阔海域……

沿着浩瀚无际的海岸线——

地中海那里的埃及文明，尼罗之歌

爱琴海那里的希腊文明，航海之帆

丝绸之路上的中华文明，黄河之谣

人类文明的朝霞

沙与沫的交融

不可或缺的相互补充

丝绸之路成就

天下人民的谷物

交相辉映的共存

自然形成的滨海地带和

亚高原地带和红丝带

山与海的基因，沙与沫的相融

"一带一路"的精髓

金色的和蓝色的我们所向往的……

岁月以不朽给予了你不朽，向上，向上生长

岁月以不朽给予了你不朽，向上，向上生长

不朽的勃勃生机，不会终止的开始

每天都带着太阳般的温暖

打开万物关联的生灵

用你的眼展望古老又新奇的丝绸之路

以辽阔的草原、辽阔的大海、辽阔的天空

开放更为辽阔的胸怀

世界就会披上更为华丽的丝绸

人类将会流淌更加完美的幸福时光

你积累了半个多世纪

不让年轮沉睡

点亮一盏灯，为了遥远的桃花

并非为了记忆

既然你点亮了这盏灯火

自然而生，你当然知道
光华洒满大地后的色彩
和青山绿水透出的滴翠
不再是尘暴和风沙的一次灰头土脸

听得见九月在风和日丽天

听得见九月在风和日丽天
和沙砾对话
纯净、热情、坦率、厚道
九月的阳光照耀千年的丝绸之路
以及雄心勃勃的情怀
和交织着激情的壮志
我以同样的目光注视
一如以前颂扬那样
九月，这古老的一隅
反弹的琵琶
和被秋雨浸润了的花朵
丝绸之路宛如一条金色的飘带
跨越天地、人间，穿越时光
不必挑灯拨油便揽人间光彩
捧在自己的手心里
也紧紧地把美好的未来拥入怀中

回忆时，丝绸之路上

回忆时，丝绸之路上
银河，繁星，月光下沙砾的味道
一粒粒的沙砾，一片片的树叶
捍卫着亘古不变的土地
一片天下，与时光融为盟友

我沉沉地走，轻轻地飞
体会个体的也是普遍的人生
训练铁棒磨成绣花针的技能
当一粒雪花惊醒欲望的一棵草莓
当无花果、巴旦木、葡萄和石榴成熟
让丝路的岁月在手心里静静流淌
为梦想生长出了一对飞翔的翅膀
并为自己在大地上建造了一座座花园
我在这里，在走廊里，打开丝路画卷
和所有的天下众生一起描绘
以沙砾的名义和鸽子的啼声
呈现出，更好，更深，更加的栩栩如生
我也愿意，继续穿过，四处游历并修炼
我也相信，落向人间的雪花是大地的信念
我更愿意以一粒雪花，忠于信念，不含杂念
我更加相信，这与生俱来的相依关系
现在，历史的天空，将呈现：繁花似锦

一条大路哟

有一条大路哟，它通向我们的家
在落日时分的袅袅炊烟中
牛车或马群在遥远的烟尘里晃悠
在飘散着夏日里透明的、颤抖的光里
道路一片宁静，一派光辉
有如期待中的那样，傍晚降临
在光线微暗如土的时辰　会听到一支牧歌
我的脚步从此踏上了一条叫作丝绸之路的大路

从走廊那里出发，如腋下生翼
沿着高挂北斗的星空下的一条脊椎般的
蜿蜒在河西走廊里贯穿东西的大路
生动处的蚕桑一派旌旗的丝丝吐露
犹如一道光，一匹浪意十足的柔光里的丝绸

无数次地穿越过，无数次地飞越过
俯视岁月里依旧的走廊，冰冷的乌鞘岭，千里蜡象
般的祁连山，黄风浩荡的黑河，飞沙走石的党河，烽火台上的阳光
夜光杯里的月牙，地平线上的驼队，黄昏里的一只刺猬
狼烟里的落日，蝗虫、麻雀和斑鸠，染黑了的
一只乌鸦和落下的一只大雁

我忆起的时候，仿佛觉得那是梦中的一条天路
无比的空旷，无比的寂寞，无向的辽远，无向的疲惫
日头会在正午　晒暴麦穗，冰霜会在午夜冻僵白菜
收割后玉米会在秋凉的清晨萎缩，一地的土豆
一夜间冷冻成无数的土块蛋，秋风就扫落一树的黄叶
那时，我正在路上，穿过我的河西走廊

我在梦想的翅膀里飞翔，一粒沙，炫目的金粒
大片大片的云朵变成了，大群大群的羔羊
我骑在高大的天马上有游牧云朵，定有彩虹出现
那时候就有吹拉弹唱传遍整个草原牧场
那些彩虹犹如展弛在风中的丝绸
会洒下我在人间一丝丝的惆怅和满怀情意
那时候我会坐在昭苏云端草原上
和哈萨克兄弟喝下吉祥如意的酒
醉酒后长卧于公主们离开后的背影里
那时候醉眼中会飘过美丽的长发
一切的花儿都无不争艳怒放
乍看，有如飞天仙女的花冠，有如骑士的花朵
一如既往，巴旦木的乳汁，桃花心结
在锦缎的丝绸上继续着飞天的梦
与天际永恒交流留在
画框中的焦距和光圈
如一次十月的风暴催促血色红润的灵魂
那坚不可摧的光明护卫着红色激情
持久回荡在通向文明的大路上

以敬仰、以信念、以孜孜不倦的不朽意志
以实际存在已久存在的启示和约定

一条大路哟，当很多的翅膀都在高空
一条大路哟，当很多的生命注定绚丽
那山间清泉就软化了一块生硬的顽石
并且成为河床上透明而又润泽的玉石

如今我继续沿着曾经沿着的无限度的走廊
一路上虔诚收集一部《史记》经纬秘籍　西天的经卷
月牙泉中圆了的月光　佛龛里的一盏灯一本《心经》
一座塔和舍利，缱绻的云雨，风暴里的一条哈达
一粒沙粒、一颗葡萄，岩石上的壁画和汉代的木简
一串串的名字和一张张蚀去的脸，石榴和麦穗
和行走在这条大路上的一滴汗水一串脚印

一代又一代的人们沿着丝路
架起了一座贯通东西方的彩虹桥梁
犹如蜿蜒飘逸在人间的丝绸飘带
汇集着不同国度，不同民族和肤色的气质
连接的数千年的人类血脉
这条路哟，千年前的初始之地
这条路哟，千年后的初始之地
焕然一新的丝绸之路正在为人类建设
相伴相依携手共进的命运共同体
正在生长成一棵人类文明的大树
正在吐露着一丝一缕的柔和锦帛
正在闪烁着铺就后的丝绸之光

如今，我沿着这条大路走向更远的远方
从我出生的地方——河西走廊，我所热爱的地方
带着我的爱走在这条伟大的路上，唱着那支歌
和许许多多的中国人以及许多的外国人

建造梦想中的国家
同世界人民一道共商、共建、共享新的丝绸之路

和平之路——彼此尊重一路上伙伴的核心利益和重大关切
繁荣之路——一路上流淌着牛奶
　　　　　　　一路上酝酿着蜜蜂
　　　　　　　一路上洋溢着歌声
　　　　　　　一路上奔放的舞姿
　　　　　　　一路上保持着活力
　　　　　　　一路上丰收着喜悦
开放之路——如同破茧成蝶
　　　　　　　　便春花烂漫
创新之路——怀揣梦想，行走在梦想之路
　　　　　　　　成就新一代新丝路的青春梦想
文明之路——耕植于与历史的土壤
　　　　　　　繁荣在现实的融合
　　　　　　　沿着相遇、相知、相伴、相向而行
　　　　　　　在共同的梦想之路
　　　　　　　走向梦想的远方
　　　　　　　走向胜利、走向光荣、走向文明

我将继续收集起"一带一路"上所流淌的全部仁爱
我将在记忆中删除掉西方的傲慢与偏见
我相信世界因"一带一路"将得到一个新的海洋
一个更大融合，更加辽阔，更为深远的自由的海洋
这条伟大的路上会有一种新的芬芳
来自中国的"一带一路"伟大和平的芳香
将是人类地球遍地盛开　鲜花怒放的路
一条真正回归人类命运的生命之路

一条大路哟，千年的岁月穿戴着龟兹乐舞
一条大路哟，千年的时光披挂着曼妙的羽衣
一条大路哟，穿过成千上万个日落黄昏

一条大路哟，它带给了人们无限的美好和遐想
一条大路哟，它激发出人们无尽的创造灵感
一条大路哟，它为沿途的人们送来天籁之福音
一条大路哟，在辽阔的天际为人们点燃出万物风情
一条大路哟，它传递给人们心灵的是和平与欢乐的颂歌
一条大路哟，它闪烁着丝绸般的光辉
一条大路哟，一路上的人民与这初始之地缔结友谊

"一带一路"，风生水起

"一带一路"，风生水起
金色里的地平线光彩夺目
蓝色里的海岸线熠熠生辉
你从梦想开始，成为现在
希望的，难以忘怀的延伸
从一条漫长而又古老的丝绸之路
从辽阔而又蔚蓝的丝绸之路
复活祖先的荣光和文明的梦想
从熔金的国度迈向深邃的蔚蓝
开启梦想，不止于梦想
木本的粮食和桑蚕树的丝
木本的水果和石榴树的红
被祖冲之画圆了的苹果
活版在帛上，在纸上印刻了的李白
庄周，穿越时空的蝴蝶
千里之行，始于足下的草履
由星辰加入的岁月以及梦圆的命运
因与果，本与末的解答
桃心，檀香，雕刻古老的万象
一千零一夜后，为了那一个梦
人类梦见的人们的梦
净化的火焰，从容不迫的光电

和空气和水和阳光一同
以所有的礼仪，高贵的表述
沁人的华语，念及共享
星空和时光里的一次属于人类的谈话
铺展二十一世纪"一带一路"：一个新丝路
为行走天下芸芸众生的现在和未来
让和谐语言的雨水沙沙作响
传递延绵不绝的共享共赢之福音

那是一面冰蚕丝制的巨大旗帜

那是一面冰蚕丝制的巨大旗帜
灿烂的旗帜迎着太阳
照射在一切穿过丝绸之路，行者的脸上
飘扬的旗帜迎着东风
吹颂着一切穿过丝绸之路，行者的声音

于是从汉唐的典籍
像一条宛如丝绸般的经纬构成一个国度
以春蚕之丝希冀的全部寄托在但愿的前途
会有琴声、骆驼声、马蹄声，以及雷霆般疾驰的
呼啸
隔着时空都能听到，丝绸之路——千年的回音
迸发出嘹亮雄厚的高亢——一曲悠扬的龟兹乐舞
曾经的深谋远虑也昭示了当今来自渡海远洋的
讯息
因此，"一带一路"的今天才会如此受人推崇
一个伟大时代豪杰的壮举，无愧于时代
历史的、现在的、未来的、自然的、相同相通的
道路

是如今，法显法师的西域，唐玄奘的经书

驱魔降妖，害虫、妖精、怪兽悉数已尽
通行"一带一路"的伟大道路上，车水马龙
丝绸之路上的人民结伴而行
来自远远近近，世界的许多个国家的首脑政要
耳闻目睹千年足印闪耀生辉
"一带一路"上将会留下新的足印，谱写新的篇章
已显现共商、共建、共享的光辉与人心所向的实力
"一带一路"日渐清晰，日新月异，步步通向繁荣

初夏的北京，雁栖湖畔，胜利的喜悦与荣光
汉唐的风姿，鸿雁传书，带去温润的和谐
也将抹去人类不知所向的些许迷惘
也将带去阳光雨露沐浴着草木的丝丝经络
丝路花语里以千年孕育的生机盛开百花
古老的丝绸之路复苏生长出蓬勃新绿
蔚蓝的大海上腾升起一轮光芒的红日
百灵鸟的歌喉清脆优美
迷人的夏夜美丽的自然撩拨万物的心弦
欢欣鼓舞的人们心愿驰骋"一带一路"
结伴而行，相向而进，朝着"一带一路"的恩泽行进

2017 年的 5 月 15 日，美好无比的日子
我以缅怀丝路的万丈思绪，感谢母亲
我在乌鲁木齐南郊的燕儿窝
怀着一颗虔诚的赤子之心
眺望东方，在迎着朝阳的高处
看到了雁栖湖畔竖立的雄伟的一尊塔
和具有汉唐意象气势的一座建筑
在那里聚集着成千上万的不同国家，不同民族
怀有各种想法的人
为了人类命运共同的未来
聆听、讲解"一带一路"的宏大蓝图
彼此坦诚，团结有加，加强团结

以人类的仁爱达成人类共享获益的协定
谋求人类最贵重的东西
而无须继续也不必徒劳伤悲

五月的这一天，我得到了一件光滑的丝绸外衣
还有一匹来自西域昭苏的天马
我将沿着无不鲜花怒放的天山
扬鞭放马珠光宝气的青青草原
沿着岁月风蚀的雅丹地貌迎接丝雨
有如一粒沙与展扬的风窃窃私语的翅膀
飞越，浩渺的塔克拉玛干沙漠
在这庄严的良辰吉日
以诗歌以示永记不忘的
一切人民用他们勤劳的双手
所创造的属于全人类的美好日子

我仍将继续，沿着天山，沿着走廊，天空或陆地的海洋
披着这稠密岁月纺织的呼呼猎猎的锦绸旗帜
行走在可以触摸的时光里
让梦的灵魂吹遍"一带一路"，大地或海洋
和古老的天空　　新月和星辰

大道小康

今大道既隐，天下为家，各亲其亲，各子其子；货力为己。大人世及以为礼，城郭沟池以为固，礼义以为纪，以正君臣，以笃父子，以睦兄弟，以和夫妇，以设制度，以立田里，以贤勇知，以功为己。故谋用是作，而兵由此起。禹、汤、文、武、成王、周公，由此其选也。此六君子者，未有不谨于礼者也。以著其义，以考其信，著有过，刑仁讲让，示民有常。如有不由此者，在执者去，众以为殃。是谓小康。

——《礼记·礼运》

我的国家

没有哪一座山可以挡住一条河流

于是，我们穿过……

我们从未停止过我们的穿过

至今我们仍然在穿过，没有一个人落下，也没有一个人是松懈的。我们在国家伟大的改革进程中追求我们的物质文明和精神文明，在相对漫长的追求过程中，会产生一些矛盾的、冲突的或者是负面不良的现象、症状，但这也只是暂时的。或许我们有过些许的迷惘、困顿，然而，我们并不会走向堕落和崩溃。初心不忘的现实的记忆在我们的灵魂里仍然没有泯灭。而且，也许还是我们向往的美好生活，光明前途的，是我们命运的燃料。

现在，就让我们感受人生已经感受到的和正在感受的以及所能产生的一切感受，从日常的生活那里，从风中的大草原上、蔚蓝的大海上，从那些有彩虹罩着的河流上，从载满金色稻谷的大地上，从红旗坡红了的苹果树下获取我们血脉里所有的希望。我想，我们已经感受到了祖国的温暖，她已经把她所孕育的盛开幸福之花的种子耕植在她的信仰的沃土上了。

现如今，我们的国家以她更为宽广的胸怀，以更加辽阔的情怀，用人类命运共同体的中国思想，用一个共同的梦想建筑着和平的世界。我们的国家主席习近平提出"一带一路"的倡议，是为人类带来一个晶莹的黎明，从丝绸之路扬帆起航，是人类沿着更加美好前程继续前进的伟大创新。他以前所未有的勇气和自信，以构成人类生存与发展的原理和法则开放着人类可能存在的牢笼，使得国家安全，没有入侵，没有侵略，让人类充满和平，让人类，让世界上的各个国家各个民族都学会应有的彼此尊重。

我相信，我们的国家，伟大古老的中华民族所崇尚的文明正在从我们所眷恋热爱的土地上生长出这个时代的自然之花，包括那些埋在我们时代之前的沙漠底下的。今天，更需要挖掘，以便将它引入人类更加美好的未来。

序曲

我以守候和时间共处，栖息在时光的墙垣间
以一粒沙子，在云雀的山冈上
安静地等待春天归来

一个神奇的故事是一块石头的歌
歌声穿过苍茫的大地，日常的声音
一张美食地图，大地的精气岩石
一场扶贫的攻坚战，人类的神志
夜莺的歌儿，翅膀的呼吸和夜晚
天空里蓝色月亮下哺乳的时光

太阳，是我们梦想开始的地方
无论夜有多深，我们都相信
太阳总会升起，如一颗烧得通红的初心
然后，托起那个时刻燃烧的青春
然后，我们紧跟着太阳的步伐
认识光亮，缔结生命，吾国吾民
进入另一种时光，星光灿烂下的夜晚
通过遥远静谧的宇宙开始，拢住普照大地的光
麦浪滚滚，玉米抽穗，稻谷灿烂，瓜果飘香
慷慨的大地与江河献上四季的乐曲
和我们一起走过所有的节气，混沌初开
在开花与结果的时空中最终的融合
焕发光彩，将果实献给一切勤劳的人民

是大地哺育了我们，谷物芳香
是大地滋养了我们，意志坚定
我们居住在诗情画意的大地上
是大地幸福了我们，美丽了我们

我们的脸上洋溢着欢欣的光彩
双眸跳动着喜悦的神色
我们正从来时的那里继续前进
正在响起的铿锵脚步
正在谱写大地的史诗
一个时代的赞歌，包括一颗伟大的心灵
我愿意，愿为这个时代写下赞美的诗歌
在实现小康生活的道路上
以诗人的信仰，坚守信念
从不间断的劳动者的创造中
谱写荣耀而又光辉的历史

大地

我们居住在乡土大地，仰望星空。天空中一切的
响声是大地呢喃的低语。风吹大地
土地辽阔、肥沃，古老而又万象更新
盈满了我们内心生长的种子……

像一首赞美诗那样，我将因此穿行于大地
如在鱼腹中闪烁出会飞的翅膀
当欢乐成为清晨的阳光时，风雨后
就用她哺育万物，盛开万物

我脚下的大地，一把泥土，窗前的明月
我赤裸着的双脚踩着这块土地
在生疼中丈量她的厚度和宽度
以根深叶茂粗壮　将欢乐奉献给大地
在听见一切的声音如澎湃的激情后
将所有的爱向天空敞开
用我毕生的一滴泪
比一粒金子还珍贵的一滴泪
塑造我们心中的每一粒种子
然后，以丰满羽翼飞向天空飞向海洋
那便是我们最合适的动态，尽管山村的
道路上有些清冷，如同梦的衣衫
但，这是大地的也是我们的生命啊！

麦穗，大地上的一粒麦子
喂养了祖国大地上的人民
我仍会想起甘肃的土豆河南的红薯和
东北的红高粱、平原的麦粒、江南的稻谷
这样的粮仓，天下难寻的土壤
我知道这是大地的奉献
是为活在人世的人子生长的梦想

理所应当地赞美太阳和星空下
我的祖国大地，征战的大地
信天游和牧耕的大地，山坳里的花蕾
在风吹雪的眺望中吹拂的风
大地，已是春色满园的　大地
大地，已将丰收奉献的　大地

我们也将在苍茫里过一个幸福的年
给孩子们添个新衣衫，融化冬雪
在清晨里敬一炷香，问候先人
在正月里闹个元宵，问候乡亲
在土地爷那里磕个头，问候大地
来年，大地肥硕丰腴，四季常青
二十四节气里的一切涌动
大地有她自己的温度
会更加艳丽　更加灿烂
这便是大地的风采，繁殖的种子
从春耕到秋收，因大地一抹的生机
容纳了所有老百姓的汗水
犹如蛙声阵阵的一片洼地
大地的心灵，最动听的乐曲
如一位诗人将诗歌的种子
播撒在生根发芽的大地上结出的果实

贴近的大地有我的悲情和着，大地的气息
行走的大地有我的足迹和着，大地的衣衫
拥抱的大地有我的眺望和着，大地的眼泪
眼中的大地有我的恋情和着，大地的应允

我如此之深爱着的大地营养着
活在人间的每一个人，如母亲的子宫
从呱呱落地到生命的每一天
一直到步入其中，将永不背叛

大地的味道，一种芬芳的怀念
大地承载了我们的一切包括死亡和
梦中的颜色和她的梦，不亡的生命
一切我们已知的和看得见的
大地养育了我们的心智和
唇齿间的爱恋，辽远的和风

一切都在大地之上，太阳的面孔
夜晚的星星和月亮以及许多的梦想
还有许许多多我们懂得的和不懂得的
迟早我们能懂得的桑田与沧海
譬如庇荫大地的草木和石头与河流
记忆中的青山，绿水正在经历遗址
沉睡了的沙子念念不忘飞翔
钢铁的碎渣和硝烟里的炮灰
瘟疫，虫灾，疾病，战争与饥饿带泪的眼睛
卡在咽喉处的一根鱼刺，被荆棘刺破了的指头
地震后的堰塞湖被烈日暴晒的岩石
雾霾和污秽，会飞的鱼，嗜血的牙齿
长长长长说不清的招摇过市和北极
掉落一地牙齿的谎言与欺骗
在大地的永恒中有我们瞬间的人类
那里葬下了被风尘磨损了的青春
而记忆不是经历，而我们正在创造记忆
但，却诞生不了永恒，而我们正在创造未来

大地啊！大地，一切生命
种子的根处，河流的源泉
我在探寻着你沉默的秘密和鲜血的永恒
你大红大紫　　你冰天雪地　　你充满芳香
我无法用诗歌丈量你的深度你的野性你的柔情
我只能叙述留在大地上的挽歌
太多的悲欢离合没有个定数

千姿百态　变幻无穷　欲望丛生
恣意挖掘地下的宫殿滋生非分
开采地下的矿产与石油和岩气
却像包裹一颗坠落的陨石将我们隐去
在黑暗中伸出颤抖的手东拉西扯
在一副牌局里推倒重来
以一首歌让爱窒息在火药里
一沓钞票一幢房子和对钻戒的怨恨
在荒芜的灵魂中失眠　宛如尸骨

谁？在保护大地！谁？在蹂躏大地！
天在看，人在做。火星下的大地
天哪，人啊人，高贵的土地上的人啊！
我们口中含着的是透明的谷物，是
红到血管里的粮食追逐的梦
是大地孕育后洒满人间的爱
大地就是我们的人间
就是一切生命的象征
我与大地的语言，大地收录
生长成风的语种，水中荡漾
我在春风里沉醉，秋韵如诉
眼中的大地是我生命的家园
我愿留在心中和大地母亲一起孕育
聆听人间无数鲜艳的生动故事

我行走在人间大地，沿着飞逝的光飞过
天山、昆仑山、太行山……无数的山
从东到西，从南到北，沿着山河
走过大地，走过风吹的大地
透明的柿子挂在高高的树梢
一膛炉火在陕北的窑洞里燃烧

我一遍又一遍地在祖国大地上行走

走过一个个山村，一座座城市
我在孤独中一次次地辗转反侧
大地的粮食，喂养我消化的肠胃
一切的风吹进我的心灵撕裂温暖
眼中的那滴泪又掉落在大地
看，人间　大地　稠密的时光中，编篮子
编席子，编绳子，制陶，羊群和沉默的牧民

定西，塬上的毛驴子，一桶生锈的水
会师楼下会师中学孩子们组成的乐队
和旧课桌破教室里的青果和不敢的奢侈
新疆，喀什噶尔高台民居高处的上海城
贵州，黔西南大山里亮了眼睛的老奶奶
这是大地上的苦难与贫穷和继续的梦想

为了大地和大地上的庶民百姓
更大的长征在大地上出发
繁星照耀下的大地上昂贵的一次光照
新的英雄，扛起鲜艳的大旗
光彩夺目的英烈，涌动着无数的一致
屹立在大地上，一次不会徒劳的奋发
我愿意颂歌：祖国大地，神圣的大地
祖国人民，颂扬党，赞美共产党　和
党的每一个书记，每一个共产党员及
热爱大地的亿万万人民群众
我要为我伟大祖国写出伟大诗歌

我在大地上行走，我看见了
大地的光，先进的党从人民中出发
一个目标明确意志坚定的坚决战斗的整体
在古老的时间和古老的天空下
与所有的人民一起点燃新的火炬

梦就在我们心中充满对果实的期待
路就在我们脚下足以覆盖广大的土地

一个人代表一个国家庄严宣告：

每一个人都有自己的一个中国梦
每一个人都有自己的一个长征
每一个人都会实现自己的中国梦
每一个人都能走好自己的长征路

离别

伊犁·察布查尔·薛维长

跟着太阳走，一直走到水草丰茂，栖居

七月，察布查尔，对薰衣草的残忍
我面向滑向暮色的太阳，致以伊犁河
滔滔不绝的虔诚的思念　月亮下
青春的夜色里舞蹈者的翅膀
你是留在察布查尔曾经有过的一张笑脸
和伊犁河的岁月一起　流转时光
被时光凝成了一首诗中的赤子
在飘散着天山野菊的空气里
伊犁河岸的波光，粼粼闪出
察布查尔的最灿烂的光

美术摄影工作者的影像
七月的鲜花与白石峰的雪
竖立起荣光者的墓碑　亲密的一次
苍茫的美得数不清的昨日
唯有你宁静的一片足迹　绝非离别
正把光线微暗时辰里的幽冥震响
河岸上的少女，你的希望也是少女的希望
亲切而又刻骨铭心的明朗
你沿着伊犁河越过天山
踏进那拉提草原，巩乃斯夏的牧场
九年，脚步早已习以为常
一如既往，踌躇满志少年的心
在群山的审视下彰显初心
经久不变的信念　请你给我发个誓
令人信服，有口皆碑
在肃穆的吊唁大厅里

圣洁的白菊和天山雪松
肃穆里裹着昨日那拉提草原的勿忘我
和往昔巩乃斯红罂粟情愫
依旧能瞧见新月下，察布查尔
稻田里手握一盏灯的你
和当年新生的禾苗　风信子
葱郁、茂盛、蓬勃
这一刻，世界用最轻最轻的声音
一次次无数次拨动回忆和思念的琴弦
察布查尔的大米一粒粒的银白
书写出你发光的名字——薛维长
察县人民的好书记
人生在世时全部的记忆
白石山长存的暮雪　即下即融
现在，因你又生长了一截
高出，含泪眼睛里的天堂

七月，察布查尔射箭之乡
当汽笛鸣响，一次神圣的损失
当察布查尔的父老乡亲在察昭公路上
遥望高了又高的稻穗
闻到弥漫在原野上的米香
一切的一切都沉甸甸的
连同这夏日的风也在重量中颤抖
连同这时间也成了一道虚拟的光
你走过的岁月，如巩乃斯夏牧场上的蜂巢
伴随着岁月成了一口蜜罐
看吧，看见了一排排，一行行的
仰望或是一次深邃的注视
黑色，模糊了察县人的双眸
现在，横幅上彰显出察县人的心灵
"吃水不忘挖井人，幸福不忘薛书记"
"书记啊，"一位农民问，"您这是要到哪儿去啊？"

"您说过的，"一位公务员说，
"县委书记没什么和普通百姓不一样的"
"书记啊，"一位出租车司机说，"我们怀念您啊！"
您有嘱托："不让百姓受苦，家庭贫困
一切的一切只为群众脱贫"
"你去哪儿了，"女儿问，"爸爸，女儿需要你来呵护"
"你去哪儿了，"妻子问，"我们的女儿上大学了……"
察县人民问："书记啊！您去哪儿了——
我们一起要摘掉贫困帽子"

四公里的路，一炷香可以丈量的时间
尽可包容察布查尔每一寸土地
人们可以从遥远的乡村和牧场上
依稀看见星光里的你
八百多个日日夜夜铸成所有的一切
一切都饱含着你与察布查尔的亲密
和融入泥土的哺育心灵
伊犁河畔依旧辉映着你简朴的生活
和披星戴月的劳动
草原的辽阔给予了你丰富的智慧和襟怀
也是晨光中你沸腾的热情
而我，你知道的，是这里的一个过客
我无数次穿行在察昭公路上
期待白石峰的隧道早日打通
我认识了你，也认识了这块土地
和你一样地热爱伊犁河谷地带
我相信，这爱会和大气一样永恒不灭

一个诗人的记忆，滞留在天山南北
努力地把有些沉重的梦从曙光中托起
这一天，我站在察昭公路边
蓝色的风吹拂着紫苏的芳香
滚滚而来的回忆流淌在伊犁河上

我们曾经居住的泥巴小屋和地窝子

中午，时光中双手捧着的炒玉米

准备好和一头牛车一起出发

石子路上，炽热的空气和喘着粗气的老牛

一扇扇点着煤油灯的窗户

一幢幢破烂不堪走风漏雨的房屋和

腰上系着草绳的我们的父亲

日常的日子、日常的生活、日常的辛苦

一切的一切都笼在油灯下的课本上

一切的一切都掩在墙角里

迷离呆滞也带着一份遥远的孤独

火房里燃烧着欲望的柴火

浓烟里简陋的灶台，一碗玉米糊糊和

腰上系着围裙给了我们温暖的母亲

大雪的冬天覆盖住了一切

煤油灯的温暖编织着我们的梦

贫穷，贫困，贫瘠如荒凉风嗖嗖作响

我依旧看见，八月之光

收割过的麦田，白花花的天空下

光着膀子的晒得黝黑的男孩

麦穗在光亮中爆裂

散落在麦茬地上金灿灿的麦穗

大群的麻雀飞掠过光秃秃的土地

伴随着整个冗长的一个晌午或是午后

一只蚂蚱，一次月光下的跳跃

我们穿过黑夜，穿过田野开始远行

今天，我在，来了又走，走了又来的伊犁

河的南岸，冗长的路，孤寂的夜

暮色里的伊犁河，喃喃有声

将总会来的时间带向总会去的时光

我在已逝的时光中，一声叹息

在察布查尔盛开的薰衣草的气息里
回忆像一阵潮湿的风
巨大的雷电划过黑夜
一道红色的光电与一棵苍松
天地间的火光吞噬着一片片的森林
雨点像一颗颗子弹射穿黑夜
掠过我一丝不挂的头颅
你和我近在咫尺，老兄，我的兄长，死亡
辽阔的伊犁大草原，广阔的伊犁河南岸
今夜，我骑着昭苏的天马
在风雨中，在雷电里，寻找
还有我灼热的眼睛和热情的吸吮
以及傍晚后被雨水打湿了的察昭公路
和伊犁河畔绿的草、紫的花
还有你盈盈的生灵
和察布查尔乡间路上的身影

我用食指揉揉双眼
将我的悲伤化作欢愉
但我看见察布查尔的农民、牧民们
以及薰衣草地上的相亲相爱
但我看见锡伯族姑娘的弓箭，身姿飒爽
我的双眼的潮湿
已经打湿了我脚下的泥土和泥土上的草叶
现在，就让我为你吹响号角
为了永恒的心灵
我的双眼的潮湿
已经将全部的爱传遍四方

在你去工业园的路途上，一次意外的车祸
让你与察布查尔人民未说再见就已永别
死亡，成为唯一能够让你休息的怪兽
但这一次是永远。你付出了忠诚和热忱

付出了智慧和经验，为了摆脱贫困
你和拓荒的先人们，一代接着一代，薪火相传
火的生命，火的种子，火的意志，为照亮
为温暖人间种种困苦与饥寒交迫
成群的人，成群结队的群众，众志成城
向着天空，仰望星辰里的翅膀
和目光一起目送和云朵一起升向天空的你
还有大地的召唤，叩响天堂的大门，并
献上一枝为你哀悯的野雏菊

我再次地到来，午后的时刻
穿过滚滚河涛的伊犁河新桥
南岸的田野上庄稼正在成熟
周末的阳光照耀着河谷
和我并肩行走的人是窦书记
一路的脚步，沉重，重得
像是脚底沾满了沙粒
在察县沿街的一处住所前
我们停下脚步
无言的一次凝视
就已经穿透了相识的曾经
早已成为你生命中的那一支歌
来到你曾经居住、生活、战斗过的院子
我会看见一种不一样的光阴
当你迎着清晨的霞光走去
当你踏着子夜的星光走来
你和百姓们一样生活着
你是走得最有深度的那个同志

我想要对你说，我不知道
我不敢让你的灵魂缺失供养
那么平凡的你，平凡地死去
我由衷地相信你是英雄，我知道你的赤子情怀

我感谢与你的相遇、相识、相知
当察布查尔开满绚烂的花儿
伊犁河给了我如此丰厚的记忆
我因此可以保持坚韧的沉默
默默陪你度过无比沉寂的时刻
我在内心里为你吹吹打打

我停留在这个寂静的院子里
希望与你再次相遇
我停住的脚步正在告诉你我已到来
无论你在与不在，我已在你的身旁
有你，有我，还有从昭苏回来的窦书记
在我们共同的沉默中，信念和梦想中的
信仰的力量，我们共同的坚守
与人民群众，前赴后继，我们继续，前进!
前进! 前进! 我们向前进!

我们已经跑出了曾经赤足奔跑的麦茬地
风中的蔚蓝已为我们展开了启程的风帆
曾经满是浮肿的日子正在远去
一直以来的所有梦想正在实现
所有的一切的不可能的
在始终如一的信念中得到灵验
冒着浓烟的绿皮火车的汽笛声
在记忆中包容了存在过的冗长
星移斗转，时间长河的流逝，我们
一起出发，移动，人外有人，山外有山
很多从前的关于谷场的，关于一头猪
那些过年才有的新衣衫和一挂鞭炮
起早贪黑的脚步和八月的庄稼地
为了唯一的一口吃喝
养育出我们健康的思想
以便让我们的村子里炉火熊熊

在落日时，望见端坐自家门槛上的花狗
和蹲在大槐树底下的农民
请你与我一起抬起脚，我知道
家中还有人民教师顾老师，在等着
女儿，还在梦中，期待着从忧郁的梦中醒来
此刻，无数的忧伤向我袭来
我内心的低语令我缄口
当顾老师和她的女儿，一滴坠落的泪
深深沉醉于永恒的怀念
我是虚空的，或者，我是虚无的
这个时间里的光也是虚晃的
一个个体的人将他自己融入一个群体
现在，他葬在生长着茂盛的庄稼的这块土地上
这大地的生命，这大地的果实
大地底下永恒的生息

哦，我的好兄长，好朋友！
此刻，多少年的往事一起向我浮现
一如五月盛开在那拉提草原上的野罂粟
一朵朵鲜红鲜艳的火红的花
像生命的鲜血一样，我的忧伤和赞美
我会想起那并不遥远的热情洋溢
如今，河的南岸，生长着灵魂，与泥土一起
我愿意与察县的百姓一同为你祈祷
敬献上一束薰衣草，为你解忧
就请你带走人间的困苦与忧患
让幸福像花儿一样在人间

诗人的一坛老酒、水和粮食
一碟花生米、一根老黄瓜
酒坛下的慰藉，有因有果
不问收获，但知耕耘
我醉了，我醉了，醉倒在酒坛下

我想对你说，但我已醉如烂泥
像断电的刹那，被拦截的光
于是，我的泪淌成了伊犁的河
流淌出沉醉的诗人和诗人的沉醉
就请你允我带着笑脸把泪擦干
让我在醉眼蒙眬中与你相遇
看见你诚挚的心灵和炽热的灵魂
佑你一路走好，敞敞亮亮地走
人类高出的帕米尔，巍巍昆仑
见证你所献给祖国的生命
与翠绿的草原和蔚蓝的天空同在

古田·卓洋的庄里·周炳耀

　　莫兰蒂台风吹来的雨，一场洪水，波涛中，雷电的光彩闪耀的你，看到了你的拯救，河流之灵，岩石之灵……

你把村子里的风雨挡住
当你的身体的遗骸沉睡后
伸手掸去你裤腿上的泥巴，村民的心都碎了
碎成了庄稼人眼里的一堆堆稻谷
一滴滴的眼泪流成了河谷中的滔滔不绝
对你的延绵不绝的怀念已在圣堂之上
如你的堂叔手里的发黄的照片上的你
一点点的昨天的记忆刺穿我的胸膛
从卓洋的庄里的河道上
是什么风将你推上了浪头
是什么诉说着古老灾难的河
让我沉入睡梦，让我陷入惆怅
让我堆满忧患，又让我充满力量

心灵里的光电，血泪诉讼
血管里隆起的风声密箭一样的雨
夜的天空里布满恐怖的雷电的裂缝
在黑色的雨中　是闻风而来的
骤雨、暴风，系住你的身体
咆哮河水、石块、洪流，穿透你
再次承受的血液的味道
试图在这座大山里听见稻谷的声音
银耳、金针菇、其他的成群结队的菇生长的声音
那些呻吟着并具有生命的单词

沉寂，仿佛一个盲人碰壁时侧耳倾听
耳旁掠过的风和眼睛里乌鸦的翅膀
正午的阳光，闪烁金光的稻田，沉寂

在阳光下老农荒废的额头，白了发的面容
古老的庄里村铺满一地的秋收稻谷
苞谷地和向日葵　沉寂的打谷机
缄默的山谷里的庄里村　橡树的沉思

向着沉寂中的岁月里的庄里活生生的
一个眷恋着土地的生命
向着充满光芒的天空，向着你的村民
对于悲伤和快乐，穿过山谷，流过河道
记忆中栩栩如生的往昔，生命的旗帜
在流过洪水的沉寂的桥上伫立
那夜里的洪水的声音穿过冲毁的河道
一丝温暖的气息穿透沉寂
一张蜡一般的脸穿过桥洞而流逝
一个男人的黑色剪影伫立在桥上
风雨中的杂乱的物体嗖嗖作响
安然无恙的稻谷在阳光下膨胀
庄里，异样的声音穿过，消隐
一场盛大的倾盆之雨，在风暴里
耀仔的气息穿过一切的夜色
影像从河道如鱼儿跃上来，水中之火
是对稻谷芳香的平常生活的留恋和回忆

石头上的血迹和磕落在河床上的牙齿
一个人的风雨交加着一个村子的呼吸
炫目中用自己的身体创造了另一个躯体
在狂风暴雨中把自己种植在了古田人民的心灵中
白了发的老农右脚踩着的打谷机粒粒心酸
太阳的泪和骤雨狂乱的呓语
风雨中的一次搏斗
夷平了管涌畅通了管涌也拖曳了骤雨中的耀仔
穿过庄里的水与一座沉寂的大山和石头与风
天蓝蓝水清清山绿绿血红红
庄里的太阳和耀仔的遗体活着并灿烂

看一眼，不问，眼睛就是亮的
活着的人正在注视着美的躯体
定格在卓洋的庄里
那些抹不去的记忆里的你
淹没了异常寂静的山庄
古田、山、风、云、雨、河岸的苍茫
恓惶满面的一个日子古田庄里村
浑浊的泡沫和汹涌的激流
你在河道里的挣扎犹如穿透我的一根刺
血和水再一次相遇
我的昨夜里的怀念在你的庄里

今天，我站在大山里，和
又一年的稻谷相见
我双手里捧着颤动的芳香落进我的胸腔
望着河水争先恐后雨水打湿我的心灵
现在，就在此时此刻在人们沉默的时刻
我来到古田卓洋庄里村向着你长眠的地方
我听见的声音犹如洪水澎湃
看见黯然伤神的你的父亲
坐在那里，坐在你的家里
一种特别坚强的目光，硕大的光
我看见你的灵魂就在那里，一片叶
就想把你安放在宁静的庄里
就想让你看见安然无恙，一滴水
就想让你踩过你深深地埋藏
就想让你的梦想实现以你的生
坚实的土地，如你的质朴　以你的爱
你给予了这块土地深厚的眷恋
卓洋的天空里闪着的月光
是月光下庄里的思念

会师中学管弦乐队

以纯朴的虔诚的声调
演奏非凡的旋律，美妙无比
神圣的会宁，好地方会宁
在复兴的时间中，不朽的乐章以
沉醉、天使般的手，抚慰凡人
纯洁可爱的孩子们随意如雀鸟，快乐无比
我的目光越过高耸的会师楼
长笛的颤音回响激荡在土豆的季节
孩子们吹响的乐曲心中的歌
在我的内心泛起稠密的岁月
我们的童年时代，古老的乡村教室
还像过去那样，命运交响曲
又一次在这里相遇交汇，会激动，会拥抱
离去，山旮旯里一群孩子意欲成长的野心
生长在十分漫长的童年的村庄
于是，这里的孩子们怀抱着美好的憧憬
在这里勤奋学习，勤劳耕作和大地
一起滋生为月光所抚爱的番石榴花儿
孩子们在父母双手攥着的土豆上
眺望，为的是让他们的孩子们
长大后远离这块贫瘠之地
有一个美好的前途和更大的希望
这是这里的孩子们走出大山的唯一出路
这是这里非凡的定律：泥土和土豆

会师中学的操场上
穿着整洁校服的青少年学生
在乐队伴奏的洪亮的歌曲声中

响彻嘹亮的合唱队柔美的
乐曲声，合唱声穿透空气，穿
进我的耳朵，脚步铿锵，列队
进入我的眼睛，一张张青春的脸
生动的活泼的充满期待的眼睛
我看到的或会延伸到午夜里的一盏油灯
山坳里的一座泥巴小屋的寂静
闪烁着"苦学，苦教，苦供"的县志
六字里呈现出会宁的精神元素
阐述了教育的价值，诠释了
国家教育可以摆脱穷困的真谛
正如这回荡在天空里的乐曲
以音乐和歌声张扬渴望
那便是会宁青少年越过山峦的目光
便是他们飞向远方的希冀

这个乐队的指挥是学校校长
他从未学习过音乐，但合格胜任
心地纯朴者的心灵是一本百科全书
他成功地指挥了乐队
一次维也纳殿堂之旅
从会宁的塔楼出发，一个民族都会说
是他们在那里奏响了我们的国歌
而这位指挥家的校长
在他的左臂上留下了深深的烙印
与真正的指挥家相比
他的成功得益于内心的那份力量
做了他应该做的一切
我在会宁的一片秋光中
离开了开土豆花结土豆果的土豆之乡
我记得，空荡荡的教室里，七八个小学生
三个老师的范家沟小学　孤寂的时刻
一场梦里的哭泣和交谈　走过枯枝败叶的山路

之后，我走过苞谷秆和土豆秧的残痕

我，一个诗人，凝视山坳里的村庄
拾起满是疮痍的山路上的秸秆
苍老的浮云在我的头顶上飘浮游荡
我，昨天。你，今天。昨天和今天
我们站在这块已知的土地上
然后，以一支乐队礼仪，一切开阔
走向青春和充满希望的乐章
纵然道路漫长而曲折
我们向着目标前进
带着我们的梦想
像清晨里草叶上的甘露
在未来，现在和过去
都是祖国盛放的鲜花

四川·大王镇·余承隆

一百年时空的尺度，一位老人数个世纪对一个时代

川西，南部县，2016 年的
八月，墨绿色的山峦
古老橡树下的大王镇
我在这里见识活过一百零六岁的老人余承隆
一次长达一百年的高谈阔论
所有时代的喧哗与躁动
一切的遗址或是一切的承袭
我们的祖先们、英雄们、后继者们
托举着曾经在油灯下照亮的华夏民族
托举起文字，岩画和飞天的梦想
他说："这是一种精神——人类拥有的
用鲜血和生命给养的精神
一种生生不息前赴后继的精神
饱含勃勃生机乐观向上的精神
蕴藏丰富内涵与无私奉献的精神"
他对我说："我们都是炎黄子孙，中华儿女"
他说："一剂药方，一百克大米，谷物的命"
丰收，挂在每一个老百姓嘴唇上的笑意
粮食，含在每一张嘴巴里的节日

一百年来，一百年的回味，一切已逝
他对我说："我理解的小康生活
就像四川人坐在都江堰吃几串串麻辣烫
喝一杯竹叶青　打个小麻将
就是在生日那天去坟上擦拭母亲的墓碑
敬一炷香，怀抱鲜花和妈妈拉拉家常
指着苍天让青山做证
就是平平淡淡的很日常的生活"

他对我说："我所经历过的时代
没有哪个时代能比得上现在
要说亲，共产党最亲，要说好，共产党最好
这不是夸夸其谈，我愿天下人都能理解
共产党的初心与老百姓最近
想起过去的事儿，一心窝子的话语
谈谈当今的扶贫，老百姓最根子的事儿
让穷人摆脱贫困过上小康的日子"
他对我说："我是想告诉你啊，辛铭
现在真是最好的时代，习近平先生很伟大啊！
他是一个平凡的，又伟大的，了不起的人物
我很乐观，很幸福，就是因为活在这个好的时代！"

一米阳光和目光的谛听
直到石榴都熟透
剥离栖息在我体内的一粒饱满
太阳下，善良的光影目光处
无处不在的虚妄和唇齿间的渴望
模拟一种指尖上的掐算
岁月和时间的称量，孰轻，孰重
我知道的不多，而，是非，或是其他别的
时间从我幼小的生命中流过
长大后我的生命从时间中流逝
如果一滴雨不再存鲜花枯萎
我想用眼里的一滴泪化作昨夜的露水
滋养一棵无花果树为一粒果实
一棵无因无果的因果树下的青春
仅仅像一个一百零六岁的老人余承隆那样活着
注视一百年和下一个一百年
时间之巅的时代风采　一朵玫瑰
是风中响亮的哨声　岩石一样地
从一代人传到下一代人，永不掉落

离骚

> 离骚者，犹离忧也。
> ——《史记·屈原贾生列传》

雪花总会在夜半飘下，风会很大
也会在清晨融化或冻结
大地响起不眠之夜记下迷途的灵魂
我大着胆子在迷惘了的人间
看着，爱着的样子，无所谓的样子
像寒冷，经久不变的冷漠，走过
于是，我会学了在冰层上小心翼翼地行走
一路上的困惑天色渐暗没走完的一条路
如果我转身，或童年的一个冰凌花
远方的家园就地消失隐没
如果我再次转身，茎干高大的一棵树
就会看见另一片树叶落在我的胸口

在我去过的许多地方，一段回忆
有一串串的记忆的声音在响
我在宁穆的旷野里细细品味
裹着冰雪与寒冷里的彼此相爱
煮一盘刚刚包好的水饺和
嘴巴上的冰冷一起回味温暖
和岁月一起生长经历过的滋味
会想起漫长的童年和旷野中
灰头灰脑的脸和同样灰暗的一个冬日
一堆柴火，一个玉米棒子，一个土豆，一块红薯
和没有火炉的贴满报纸的纸糊的墙壁
也会想起除夕夜里响的鞭炮和飞逝的火花

现在我们进入了二十一世纪
这是一个比特币的年代，飞镖四起

一张纸，一朵花，一片羽毛，一立方冰
太阳和星星和月亮时常会被雾霾了
结了冰的路面上落满了棉絮一样的雪花
我的祖国，这样一个泱泱大国
我们目睹着新月气象的景色和另一种阳光
这种景象是四季常在，花儿不谢

我的忧伤，一个挺着宽阔胸怀的诗人
拾捡你听不见的支离破碎的絮语
听不见故乡的声，看不见家乡的人
我因此嘴里含着麦穗，含着泪水
穿上汉唐的丝绸衣衫，眼睛疼痛
呼吸着，对风的一次次沉沦　痊愈后
找到我的祖国的黄道吉日　找回自己的语言
竖着的琴弦，弹唱一曲秦腔
无法吟唱出那过去岁月的欢乐
无法祛除脑萎缩时的疼痛
无法吸吮掉落牙齿时的往事
然后，嘴巴上沾上了陶土
便想起了当年的记忆将绝望变成希望
朴素的情怀，一种记忆和一次回顾
载着最早、最初的心和力量的源泉
如吐鲁番的葡萄，一条地下的大运河
看那一望无际的红色火焰的情绪

挟着一颗赤子之心，性由心生，携着一切
落入人间，我，在人间，经历的青苔还有泥土
那些日子，阳光，雪崩，冰雨，地震，那些岁月
是风，吹掉满落在大地上的麦秸秆
或是残遗一路上的些许绝望　一片冰雪
梦以后，看见蔚蓝天空，蓝蓝的海洋
些许带着一丝忧伤行走在康庄大道上
多年后，我像做梦一样就长大了

就像一颗麦子从土地上长大了
只是为了人间的勤劳和天堂里的幸福

风，蓝色的沉思，想象中的汗血宝马
我看见汗腾格里山峰，风和发黄的旧报纸
禾木，白沙湖，五彩湾，可可托海
风蚀，雅丹地貌里的时光，呼吸的云朵
长发飘飘的阿玛尼，一个消失了的王国的象征
风的夜晚宽衣解带，一张看不清的挂泪的脸
薄雾中飞天舞蹈的形体以为自己会飞
犹如飘然而至的雪花，古老的语言
打湿了我徒劳的心灵　灯下的写作
我在你的影子里沉默于你
在你之前的我的生命里想起家园
有些哀伤地凝视一片天空一片云
我不知道眼中的遥远是怎样的遥远
一只蝴蝶在大洋上扇动翅膀
我不知道我在的这里是怎样的这里
一盏灯在昆仑燃烧星辰　不为炫耀
我在孤寂的房间里与时光一起沉默
只当这一日，这一夜没了记忆
只当是风吹走了所有的一切
我因此留在风的人间心花怒放
站在赤热的麦田里，怀抱稻草人
把人间和天堂合二为一，一起活着
曾经有的日子，凌凌乱乱地流逝
我的面容的变化，光的特征
从殷实到虚妄，祈祷留存的一个念想

一座座的坟茔，毫不知情的七月
将我的青春岁月悄然承载，一起活下去
我没有能力对曾经和未来的日子重新洗牌
我在现在的这个时间，一个转瞬即逝的始点

里约奥运"洪荒女孩"和秋栗子
时钟里无处不在的欢快和爱意
以及被晒在朋友圈里的一次出轨
释爱者的角色，或一根羊拐
遮盖在羊毛下的温暖
呵护着精神贫困的脏器
我无法接纳的滚滚而来
幺蛾子，残损的粮食，床前的明月
荒洪，荒僻，荒芜，荒谬的风月
沾满了尘灰的灯芯，噗噗作响
谁在遗忘里点拨梦想之光
谁在诗行里能与我同行
一起去听钢轨的响彻
一起去看山峦的碎片

我在每日里将时光与你共享
从虚到实捧在手心，未知的事件
你和时光我心灵唯一的访客

我有话要说在你入眠之前
这些人间的儿娃子、丫头子
唇齿之间的一句话语　普通的言语
遮遮掩掩的一座座山、一道道沟
你和时光一起飞去飞来　浪花四溅
交河故城的落日落在我落泪的脸上
胡杨的遗骸，一颗葡萄和许多硅化木
加上那个长长的河西走廊和赤脚的我
像一个瞎了眼的梦游者怀抱忧伤
凭空想象风尘中绚丽的人间
你和时光融了我在风里赐予酬劳
闲言碎语的日子，疯言疯语的日子
是风吹散了无尽的一切

我有话要说在昨夜清晨醒来之后
梦游着去了趟被黑漆盖住的宫殿
我四处游荡又对坐月光
我的影子变成了竖在人间的风情
风来风去的风啊！不再卖弄风情
风中那多少的日子沉积多少岁月被吹散
我继续奔走着，挟着一袭风和风中的棉花絮
穿过我的河西走廊，那个黑压压的夜晚
穿过白茫茫的盐碱地、沙地和麦田
穿过扎满篱笆的沙枣花下的家园
穿过月牙泉下三危山下的洞窟和月光
穿过峡谷地带里的星星
穿过被风蚀朽了的客栈
穿过梦中穿过的北庭宫殿
穿过牙齿掉落后兄弟的头颅
穿过我无法苏醒的梦境
穿过一夜里的你　然后
回首遥望皮影戏里瞬间的姿势
那大片的耀眼的光芒
我第一眼看得见的时光
时光里的童年和高耸的尸骨
童年时代的梦想和夜莺的颂歌
生长出信仰怀抱里忧伤的乡村

你不知我的惆怅，风带走了我的头发
七月十五的月亮又要圆了，我的头光了
风把时光和树叶也要带走，我的岁月
我不懂得我正在的孤独，岁月的树根
风依旧，只剩下离骚，去往的永恒
我喝着旧时的一碗玉米糊糊
想黏住风，停住脚步，继续活着
却关合不住我的七月的哀思
你能看得见你离我以后的风景

也能丈量长过了所有直线的烽火狼烟
不得而知的是我所不知的心怀和
我所不能的，风来风去的风吹
我所不甘的，风情万种的炉膛
我所不愿的，恍惚迷离的岁月
我所牵挂的，飘飞发丝的梦幻

那就请风吧，请继续以风
风的风采、风的样子、风的声音
以风和风一起乘风破浪
以信仰和信念一起耕耘一片诗田
迎风展翅，强劲的风啊！
我知道在岁月之前的岁月
不休不止的、永无止境的、从不止步的
在我们的岁月里的每一个时辰
善的或是恶的时辰
我们都是以爱以勇气以希望的力量
实现梦想并带着继续的梦想
鼓舞人心，编织东方大国熟知的岁月
清晨里的星辰或草叶上的露珠也能感知的
为了美好的生活、人民的幸福
我们记得光荣的不可磨灭的记忆
化作膜拜、虔诚的心，竭诚奉献
不止于，更远的从前或未来的记忆
无论怎样的延伸，穿过宇宙
的空气和人的呼吸，梦想和心愿
我愿和伟大而受爱戴的领袖
和所有人间的人同在一片蓝天下
呼吸相同的空气，享受共同的阳光
耕耘热爱的大地　收获丰收的果实

建设更加幸福小康的家园

我们飞越过大洋　穿越过大地
一个民族将世界的一切包容
祖国的江河湖海汇入蔚蓝大海
于是我，在海的那里，看大洋彼岸
看着匆匆忙忙的美洲大陆
一朵朵的云彩带去了风雨
把人类的洪荒化作春雨
以那么大的大海跳动巨大的内心
以美人鱼的故事坚定强大的意志
游弋在大洋里怀抱一颗永恒的通红的初心
以蓝色的血，以中国南海的灯塔照亮

即将来临九月，金色的秋天
西子湖畔九月的风，包括诗人的献礼
以马克思主义的意象传颂远大的理想
与世界息息相通的经络命脉
呈现至高无上的精神食粮
以雄心勃勃铸炼伟大的创造力
救济天下，引导人民进入精神的时光

我以嘴唇将雾霭贴近
像雪花一样融化释怀
将恨写在雪粒上，遗忘掉苦涩的词句
将爱写在石碑上，呼吸着甜美的气息

风的种子耕织出内心的欲望
内心的种子萌发了欲望春色
高高飘扬在风中的一面旗帜
是我中华民族不朽的功德

曾经的风、曾经的雨、曾经的一切
给了良辰与美好并蕴藏在心中
我只怕跟不上这个时代的脚步

听，听着风儿，听见了与时光同在的风声
与一匹千里马尽情地纵横驰骋
风儿啊，请风儿继续为我扬帆
吹尽那无尽的黄沙　看见海市蜃楼
吹尽那无边的惆怅　听见根茎生长
吹掉那天空的雾霾　抹去冰封荒芜
让阳光照亮险些黑暗的天地
就请风儿为我做证　一丝一缕
并将此种心志永远保持丰盈

我写诗，以诗歌的方式
打开自己的心灵让梦飞翔
我写诗，但愿诗歌是一把打开心灵的钥匙
我们正处在一个新的时代
有浮躁，有沉闷，有信念，有意志，也许有些失落
麻木了的鸟儿，翅膀是记忆的天空
像一首自由体的诗养育的神经
便是鲜花盛开的草原
我因此相信，祖国大地繁花似锦，如水盛开

当我发育后长大后，夏里的稻草人
开始认识了自己的身体
我试图抚摸自己，却碰上了一粒沙
我觉得那应该是一颗流星　昨夜的天空
我梦见了古老的一棵泪流满面的无花果树
或是一棵核桃树，或是一株葡萄，一眼水井
人们说：吃水不忘挖井人　幸福不忘共产党

夜的风，秋风袅袅地吹着　呼呼地
吹起喀纳斯，黄金海岸的浪波
乌古伦湖码头，眺望雅丹一群飞翔的鸟
纷纷地树叶落在沙窝的萝卜上
与你相约，下雪的时候，我们一起去看一看

看那白雪覆盖住的哈巴村和高出的冰
但愿你的眉目间、唇齿间
含着主宰我命运的芳香
以你的博大的辽阔的贤能
沉醉起舞，酌满旋律
我愿意跟随你到喀纳斯湖底
乘风畅游我内心的淋漓
以阿勒泰山的巍峨，日夜眷恋
认认真真地相亲相爱　耕耘花园
面对一堆木柴的星火，雪的山冈
讲述关于喀纳斯鱼怪的传说
看北国风光里勃然飞起的银蛇
在你那里写满粒粒雪霞的密语
纷纷落进流过布尔津旁的额尔齐斯河
以融去我在他乡寒冷的枷锁化成碎片

回想起浓稠的泥泞　一个平常的日子
南方冻雨天气里打滑的车辚辘
和雪粒、冰雹，冻僵了的脊背
燃烧的炭火和一壶热茶
坚硬的碰撞与沉重的鼾声
以及停靠在站台上的列车和
被雪夜弥漫了的信号灯
会记忆真实构成的纪念
汶川的大地轰鸣彻响的悲怆
记录了中华民族鲜红的颜色
那是人声鼎沸的人心的激情
厚德载物，大爱无疆　信誓旦旦
是坚决的战斗力，是坚强的信念
是比花岗岩还要坚硬的意志
我毫不怀疑曾经那些沉醉了的夜晚
以爱带给我们的心灵慰藉
我毫不掩饰睡梦中的不安与忧虑

以迷醉裹在我们身上的包袱
但它绝不是永久沉入睡眠中的悲伤

我将一切的云朵放飞　和
天空下的祖国和人民　和
大地上的祖国和花朵　和
土地上的丰收和果实　和
人间冉冉升起的红太阳
将人类的大地染成鲜血一样
我将是一切花朵中的永不凋谢！
花开花落，自然而然，纯真，纯清

我独自站立在纷乱的世界里
昨夜的无花果　风信子
是我今晨的滴滴泪珠
是鼓起的心脏和蓝色的梦想
是光明后的一览无余
将过去和现在划开一个新界
以时间，以纯粹，以光，以火，以电，以
分娩中的另一次分娩　太阳下的血
颂歌并赞美，人类历史上的生者与死者

一个人头脑中的一切风暴，天宙的眼
在这一天看见了一个时代的美德
并将延川三岔路口的正道给予了
神圣的光彩与颜色和道路的指向
那是升起的一轮红太阳
是坚定的信念，是信念中的意志
是永远的斗争与革命
是梦想中的无数先烈及其子子孙孙的欣喜
展开一个明明白白、灿灿烂烂的
未来的正在继往开来的日子
我愿意放声高歌，为你争先恐后

我在彻响后的回荡声中隐去自己
如冬天的一粒雪花在消融时消失在春天
"冬天来了，春天还会远吗？"

不显山、不露水的永远快乐的牧场
我在岩石上刻录时光及火焰
云中的王后，与一片云、一颗星，行走
天空中的牧场，仰望的放牧人
惺惺惜惺惺，在今夜
写下一个诗人的遗嘱以及走廊里的一棵麦穗
收藏起诗人心灵中的稻谷和香味及房舍
今天，是最初的天，今后是今天的日
别把时间隔断，如果
谁？能把时间和金钱碾碎
一切皆可虚无，皆可在虚无中存在
在令人心旷神怡的南风吹拂下
让内心里冰雪消融
让荒漠了的心灵生长出梦的翅膀
仰仗她的力量向永恒的苍天
并唤醒在黑暗中还在迷路的人
我们曾经在这里，现在在这里，永远在这里
我们一直都一模一样，心底亮亮堂堂
我和你在一起，足够以土地的必将
展开并将贫穷掩埋　以富有的充沛
以顶礼膜拜的名义和传承的精神
穷人、富人，内心里有自己的一个小康
彼此都心知肚明其中的滋味，心中的歌
一棵白菜和另一棵白菜一样的味道
因此，我忘却不了的还是大地的气息
我记得住的，早前的味道，不会改变
把生命献给昨夜的风雨和未来的记忆

源泉

吃水不忘挖井人，幸福不忘共产党。

晴隆·二十四道拐· 姜仕坤

我来此，不是一次游山玩水
我来这里，看一眼，有山，有水，有羊羔
有房舍，有花朵，有人烟的黔西南
我看见，黔西南一个老人的记忆里
收藏下来的岁月，嘀嗒嘀嗒的青春
打开羊圈栅栏去放羊儿的牧民，穿
过目光，繁星满天，绿色仙踪羊儿的气息
三合村，收割后的薏米，还有驿站落满
莹白盐巴的陶罐以及午后从迢遥的
云贵高原上吹响的风和生机勃勃的牧场
见识，山坳的某一处，坐在云端草原上的牧人
看见，你穿过目光下被露水打湿了的青草
朝着，晴隆山幽僻的岩洞无人的山峦
坐在，月光下温暖的牧场在风里闪光，仿佛
是我头顶上一片片天空里的星星

为了与你的这一次对话
我愿意走过晴隆的任何山水
于是你我在这个世界，千里以外的这里
自言自语地面对阳光就像闪着光亮的梦
我想对你说出一直以来想说的话语
在云贵高原中部的山峦间，一幅风景画里
吹奏一支牧笛的歌，让天使听见
我看见云端里的小孩
他蹦蹦跳跳地微笑着说：
"我为你唱一支山歌，好吗？"
我听着听着就掉下了眼泪

高兴的或是悲伤的泪
我就折断一枝树权，将它
做成一支泥土芳香的笔
我蘸着西泌河的清清的水
写下对你的无限思念

因为爱，所以并不冷漠
我是拾遗者，在行走的路上　在山峦
石头缝里的沉默中，风儿掀起你的嘴角
而我能够听见石头的呼吸
我用目光触摸不可企及的你
用我的皮肤感受你的热量
用晴隆羊称量一块石头的重量
雕刻在晴隆山谷里的财富
光芒里不朽的草牧场，风景中的一点红色
亮丽另一双将要失盲的眼睛

我来到云贵高原，从黔西南的兴义
抵达晴隆，今天和昨天，梦一样的路
唇齿间的言语，现实的门，一堵墙
穿越不过的山峦，不会到达的终点
我在这里，我在晴隆，我曾在这里
在无数 S 形的二十四道拐
一个逍遥的午后，诗歌的二十四道拐
穿过 S 形的字母，时光里的音符，一行行
蜿蜒崎岖的字句的山路
献给不朽者，祝灵魂化作晴隆的岩石
与日同辉，并将永远
当许许多多的晴隆羊生长出飞翔的翅膀
将托起牧歌中的晴隆山
也将托起你的梦想也像飞翔的果实
从哪儿说起，我的兄弟，你的笑脸，我的双眼
一起凝视晴隆山谷里的一棵苞谷

我说，我的未曾谋面的兄弟啊！总有一天
晴隆山里总会是你想要的，呈现出
云贵高原太阳照耀下绿色的血液
那里的人民将摆脱贫困，不再
饱受饥饿与贫穷，一方水土养一方的人
此时我正绕着蜿蜒崎岖的山路，沿着
你无数次的脚步，你脚步停留住的
西泌河，一座属于晴隆人民的水库
那是太阳光芒下的美丽的水
无论浊与不浊，一滴的水，坚如磐石
就请你打开闸门吧，一眼里的泉水

遥远的咩咩声穿过冬日早晨褐色的雾
我在手机的微信上阅读来自黔西南的讯音：
"等忙完了这阵子再说"
这阵子？是多大的一阵子
"长青电焊铺"，肖长青焊枪里的火花
董箐村，智障的孩子、患病的丈夫。陶金翠一家
"困难是暂时的，日子会慢慢好起来的，"你说
"你需要干个啥？跟我说吧"
"我想养牛，养羊，"陶金翠说，"哪里有牛羊啊"
陶金翠养上了自己的牛羊
更多的老百姓养上了牛羊
"书记啊你，你总是忘了养养你自己的身体"
"等等，等忙完了这一阵子再说
"说说泥巴路的街道、磨损的公路、没有路的村寨、水、电、羊舍、栗
树村纳坝组后山的山崖
"每个人都要有明确的分工
"人人都要致力于工作
"一切必须在行动中实现
"人民是首要的基石
"我们也是基石，更要当好基石的模范榜样"

我听见晴隆牧场上羔羊们的叫唤

正飘荡在回音里的草地上

无牵无挂地嬉戏

孩子们和老人们的游戏

晴隆山里的羔羊创造了你的思维

给予了你养分，哺育了你的生命

为你穿上了羊毛制的背心

你于是变成了一只羊

所有的羔羊们都尊称你为"羊书记"

你的名字跟羔羊们一样。

你说：你只想当好"羊书记"

用手指着云贵高原以及西南方的山脉

人和兽，草与木，花与果，人与人相依为命

于是，我试着贴近你的胸膛，或者

请你靠近我的胸怀，在即将来临的夜晚

一起睡在木炭堆里，在彼此的梦乡中

在清晨里，呼唤你的女儿在一夜里找着父亲

被露水湿透了她的胸襟

"爸爸，别走得太快了

"爸爸，走快了我跟不上你

"爸爸，我会迷路的

"爸爸……"

七月，是一个有记忆的月份

我来到黔西南，晴隆的不同之处

我在三角梅的光艳里，有所心动

感到整个心灵在颤动，胸襟涌动

宛如天山之巅的一次雪崩

光芒中一切变得真切

并成为定格中晴隆山的象征

在鲜活生命的知觉中

异常冷静如肃穆的星辰

活着是因为生命中燃烧的激情
梳理晴隆走过的路，额头上的纹路
像二十四道拐，日夜筹划造访
承载使命的向上的，召唤
熠熠闪光的正在走的路线
顶着烈日，忍着疲惫，顽强意志
年复一年地走下去，走向未来
你所看见的晴隆的山是沉默的
那是草木不生石漠化，岩溶的地貌
我从空寂的山峦间看见了它积蓄的厚重
整个晴隆乃至整个黔西南，近一点
多彩贵州，再远一些，整个云贵川
当然也可以涵盖整个大西南的广袤地域
蛮荒之山可以改造成青草覆盖的牧场
于是就有了晴隆羊儿，有了彩虹羊儿

你看见的晴隆，岩溶、石漠化、喀斯特地貌
从十年前全国南方草地畜牧业，科技扶贫至今
十年后，晴隆的百姓们改造了喀斯特地貌
遏制了石漠化，促进了生态保护
山区百姓不断扩张生态草地畜牧业
脱贫致富又生态，开放了他们的视野
晴隆百姓苦干实干，创造了"晴隆模式"
你看见的一面面陡坡，一道道峡谷披上了绿草

晴隆只是率先迈了一小步，其实路很长
"晴隆模式"受到关注不是偶然的
就像晴隆天空之上一片蓝天　白云
或像西泌河的浪花那样
晴隆的山峦，晴隆的风
晴隆的草地生态畜牧已深深植入
石漠化、喀斯特岩溶的广袤山区
"晴隆模式"不仅只是晴隆的

更是南方所有喀斯特岩溶山区的
共同生态正确的方向，正确的地方
不必在碗大的泥巴上种一窝苞谷

我在晴隆山之巅远眺

挽歌

在繁星照耀下的大地上
告诉我，你都听到了什么……

是山间的一声布谷鸟的叫声　森林的种子
是震荡在山谷间的回声　光的堤岸
是晴隆岩石上的赤色灵魂
你，站在荒漠化的岩石地带
在一缕绿色的晨光中深情厚谊
看见羊儿们的身影听见羊儿们咩咩的叫声
现在，你在哪里，你用水土的语言
晴隆山上的青草和一朵云彩
装点着落日和夜晚的容妆
是春夏秋冬里都将会有的一道彩虹
现在，你是暮色里岩石上的赤身
把你裸给了一只羔羊皈依的信念

今夜，我与你对坐，一则寓言　一半童话
你将看见我，有些困倦　另一半打着盹儿
一次兄弟的相逢，一场悲欢离合　在沉睡的风中
带着我们自己的心灵
说出我们沉默的话语
面对牧场上的羔羊的沉默

我穿过时间的记忆睡眠在我的胸膛

黔西南的晴隆槐花酒杯中的月亮
银色的山峦和来自四面八方的风
河水的波光、血色的三角梅，月光下走向
高处的二十四道拐，太多碎石铺就的路
我们能够真正行走的正在走的路
月光里的一粒粒，点点的都是记忆中的纪念

木本的粮油，灯下的思念
他们一定知道我们在说话
然后，达成其诠释或许会改变
在天空里擦肩而过后，这个月亮
和我们口中口粮的全部含义

我会想起河西走廊，曾经的春夏秋冬
冥思苦想和充满期待的岁月
我的眼泪看见咸涩的盐碱滩
慷慨的风掠过我的头发　滚滚的红尘
在那戈壁与黄沙黑风呼啸的河西走廊上
留存着奄奄一息的那么微弱的呼吸
成堆的生命满怀饥饿　血肉相连
迎接荣耀的年关　感知岁月
又年复一年的一样的雄赳赳，气昂昂
跨过田野上浮起的二十四节气
把一切的梦埋葬在芬芳的大地上
梦想来年的收获又播下未来的种子
我是一粒种子，携带着沙粒的气息
跨越了距离，播下了种子　我的青春
滋长我心中渴望的相濡以沫
在许多还闪着篝火的地方看着最后的火苗
和墙上的影子一起跳跃一次无言相告的沉默

我穿过世界之中的渺无人烟
我生活在北京，我是北京的客人并
以北京客人的姿态看，长安街的夜光
正被覆盖在北京的雾霾之中而
我看见了桂林的山水和洱海的云朵
山峦叠嶂，造化出了黔西南，贵州的晴隆羊儿
故可以慰藉人间并引领穿过我生命的山峦

一场暴雪来得太突然，春雨的一次回忆

在眼睛跳的感觉忽闪出一颗泪珠
揣在怀里的温暖，在我们冬眠之时
将我们的大地用温暖的雪花包裹起来
好让生命的根茎扎得更深一些
会放心地煮一壶老酒，半夜醒来，风儿吹
吹醒自己，吹醒冬日，吹醒春风
吹向远离了淡忘了的我们的家乡
是什么在响，什么声音？天空是沉寂的
荒凉而虚空着的，甚至是遥远了的遗忘
我是虚晃的，是徒劳的，是痛苦的。三合村
广场上一地的薏米，内心柔弱时的罗汉
我蹲下去用指甲剥开一粒，滚圆
成群的羊儿们像山脊上的云絮
在阳光沉寂的虚空的悠然地吃草
喀斯特岩石，地貌镶满了青绿和橘黄
古老的岩壁、陡坡、变形金刚，已呈现田园牧场
咩咩，咩咩，闪亮的岩石般的语言

光亮的岩石般的声音，越过荒芜、岩溶
俯视那石漠化的喀斯特山区地貌
光明的岩石般的语言，山谷间，白云端
沿着一直走来的路，朝着一直走下去的方向
碎石铺的二十四道拐，蜿蜒崎岖的路
在新长征的路上，脚下咔咔嚓嚓的声音

过去的时间和未来的时间
过去的慰藉和现在的抚慰

养了牛羊的陶金翠还有更多的牛羊……
在这个冬日的雪花中，将羊儿带回家
电焊工肖长青手中的焊枪
闪着奇人的光芒，喷射火中的金子
飞溅的火光溢淌着簇簇的灿烂

无穷的泪水哽咽住他（她）们的呼吸
更为亲密的更加关怀的思念的泪水
当云彩飘过云贵高原的山峰
当羊儿们咩咩叫唤的时候
当猩红的三角梅开满黔西南的时刻
雪花儿就落满了西风吹颂的大地

火焰山下的山啊！预期未到
我该如何在坎儿井里洗浴
我想到了掠过天空的大海，很平静
我看到了晴隆山的二十四道拐的灯火
我想到为一切的穷人烤一个苞米
为一张苍黄又灰色的脸一个出口
我以为这是我一生当中最为悲伤的事物

在晴隆山的高山牧场上
岩化，石漠化的大斜坡上
黑色的山羊，一份遥远的相思
穿上了北方牧场的衣衫
去温暖自己草丛里的记忆
就去一家小饭馆子吃
一碗汤饭，或者包一碗水饺
那是老百姓过年的幸福
和内心里的感受，年年岁岁
竖着画一道杆，笔直的风
天地间的大地，畅饮一生
跟着常青藤戴着鸡冠花
还有一只小羔羊咩咩咩的声音
在风雪中的三姐妹，直到
太阳升起。升起对一张脸的记忆
我在白雪覆盖住的草原上醒来
太阳：冉冉升起。留在晴隆山谷，永远

穿行在二十四道拐的崎岖山路上
携着良风、美德、力量、奔放、崇高
用毕生的情怀将最平凡的人生担当
走端，走正，走直了自己的人生大道，面对百姓
耐心而虔诚，欢乐而愉快，揣着一颗
老百姓看得见的赤子之心
面对苍天大地而灿烂，岩石、岩谷、岩峰
意志的顶峰，光辉浸润着草牧场
我听得见这天地间的声音，苍翠的果子树、茶树
我看得见这山峦间的泉水葱绿的山坡，和羊儿和
一直绿到眼睛里的田园村舍和田园之梦
一直绿到家门口的袅袅炊烟和田园之宁

一只羊儿静静地吃着草儿
晴隆的山峦，你的鲜血，愿你感到欣慰

沉思

一堆木柴的二次燃烧

关于小康，这首诗的题目，由来已久的古老词汇
如何摆脱贫穷、贫困　需要建设多少国土
所有的一切，有方法，有原则，有底线
是一个与广大人民群众有关的不可或缺的宣言
是一场攻坚克难的战斗，名正言顺的使命
是绝对的唯一不二的意志，为民建功立业
无论是黔西南的山路还是赣南的瑞金
是重峦叠嶂还是黄土高坡塬上的窑洞
是大凉山的隧道还是太行山上的梯田
所有这一切一个人，一个民族都不能落下
要有情义，为那些年迈的老人和
留守在山村里的儿童放声歌唱
要有勇气，为那些依旧生活在贫困里的人
还要有爱，为那些站在楼顶眺望村庄的人
更要站高，为飘扬巍巍昆仑山上伟大的旗帜

当我们还在手机上搜索相亲相爱
就请我们以最简单的方式爱一次
我们身边曾经视而不见的漠不关心
在他人的生活里结出丰硕的果实
放飞心灵，在更为广阔的天地间
尝试生命的另一种甜蜜　分外妖娆
一如在明快清新的乡村吃一顿农家饭菜
用新的砖瓦建设新农村新气象
世人说：人心不涸，赤条条地来，一丝不挂地走
与人而言，这是最简单的匹配
我们双脚踩着的终将是我们的去处
所有物质生活的地方觅食的时刻

如我们的头和头发赤裸相拥

我穿过云层去看我们的家园
在透明的蓝色里，日月星辰中
我带着卑微的边缘的文艺里的小诗
在飞行中摊开白纸用汉语拼写断断续续
比如一座大山、一座水库、一片松杉、一些岛屿
一个滞留在身体里的彩色的声音
一如我们常说的乡土、乡音，一如记住的味道
我们南征北战，背着行囊，一如我们行走
渴望打开心灵的栅栏，放牧草原
看夕阳里不知去向的一声叹息
用我们的身躯扛起太多留守的梦想
纸巾上建造起新的房屋
将所有的一切慷慨地献出
在万物生长靠太阳的思想里
在我们最深长的睡梦里
亲吻庄稼地里的麦穗、稻谷和发光的菊苗
一粒麦粒、一串儿葡萄、一丁点儿迷失的乡愁
一如白露落在孔雀河升起的雾霭

从春播开始到了秋收
我走遍了我的祖国的大好河山
最初的初心一个自由的心声
一个人究竟该怎样活？活法很多
生活变得具象、抽象，充斥着多样的色味
我品尝到了很多，心中滋长了许多
一如面对塔克拉玛干沙漠那样的漠然
一如阿尔泰山林里矿区金子的沉默
一如黔西南山路上一次意外的车祸
一如我所看见的一些无所不能的人和
另外一些无能为力的人　无计可施的人

一个人不能两次走进同一个死胡同
习惯于南墙，抚摸风蚀后　冬日的风
期待另一个人冲破这堵墙　人间的情
同时，风，西北风或东南风，风吹过
所有的梦游者的脚步，吹过欢畅
残损的房屋和远离红尘的夜晚
三棵树下一位老人对无花果的交谈
不只是记忆，不仅是怀旧　不止于
一两片或两三片叶子飘落在一张白纸上

山谷上斜着的阳光，苦涩和盐碱
和斜着的木屋，一个十五瓦的小灯泡
和长满了松树的河岸，失意的小松鼠
遮天蔽日的田野，混合着哀伤的时间
庄稼并不茂盛，一次张望，昏暗地窖中的油灯
口粮不多，在唇齿之间　爱的饥渴
这是极其分明的界线　血肉之躯
所以，活着并活下去不容易
因此，能活着让我们激动
我因此热爱这个景色迷人的青纱帐

一棵树上的果实，灵魂的欲望
是我无限的忧伤对先人的记忆
那么就撕碎一切的面具吧，撩起头发
复原。后，是破碎了一地的碎片
继续行走，行走在太行山上
会看见两座大山或三座山
山上旌旗在望，山下鼓声不断
一山览群山，纪念中的一切山
心脏或在跳动，一团糟糠，一句台词
一只小老鼠夜半后上蹿下跳
我会想起曾经的土豆，大地的种子
在冬天变成了一块土块，或陶器

还记得曾经的村子吗？一场血浴
这么多年后，我依然知道梦中
这是你最初的那点念想
尽管有时胃胀，有时胃疼或腹泻

我看见的实物比眼前的远更远
我在白纸上书写流动的时光
过去的永恒并不属于现实
二十年前，或三十年前和河西走廊
绿皮的卡车或是绿皮的火车
只有我站在县府街大众食堂的窗前
面对一碗热气腾腾的臊子面
在寒冷的火花中舔着冻僵的舌头
食物的渴望与饥肠辘辘
稀薄的白霜落在我走过的刘庄村
也坠在带有露水和霜的白雪上
仿佛阳光之箭，另一些日子落进
射穿耕耘的躯体，一张皮囊
咽下一次喉咙里的欲望成长的烦恼
干柴烈火，烧烤玉米寒风中的战栗
擦掉浓烟熏出的眼泪　扯起冰冻的荆棘
怀抱瑟瑟发抖的童年和半生不熟的玉米
穿过被践踏过的天空和土地离开并
活在遥远的月光下别的某个地方

遥望是目光遐想的延伸
忽忽悠悠的云朵浮现在地窝堡机场上空
潜移默化的夜晚空旷沉寂
我飞向天空，高于人间的万物
遗忘掉嘴唇上的方言和街边小吃的人群
空荡的清汤寡水，和面黄肌瘦
以及收割了的庄稼地，麦秸凌乱和
我，一个不怎么着调的人，纷纷的思绪

隔着时空拾捡满是碎渣的秋光

如同乡音里的半吊子不知天高地厚

在天涯对岁月流淌，如水，唯命是从

我，一个恍来恍去的影，缓缓游移

隔着时空里瞎忱忱的破碎的灯光

如村子里的走马灯忽明忽暗

在高高的天空里，如梦，飘忽不定

我在困乏中，在失眠中，茫然地望着

云中的月亮和即将来临的中秋佳节

赤脚走过我们的城，穿上草鞋踏进我的村

名嘴们不可名状的言谈与举止

一杯酒，就轻言国事，献给祖国的陈词

窃喜，窃笑着，靠着酒杯中的灵感勃然升起

屠宰场，观音庙，废弃在矿层处的实验剧场

正午的盐碱地，子夜的灰烬　岩石的四周

一片山冈、一块凹地、一群蜂、一碟花生

八仙过海，各显其能：窗户不是门啊！

有关的一次竞赛，一场峰会，一次激昂

烟花散尽时的议论和喧哗

独处时的一幕，奢侈的诉讼

了无遮掩的断裂、纠结、破碎

只剩下孤零零的一个零的符号

一把钥匙同时打开几把锁

给了我们启开爱的愿望　抚摸

不再冷漠或是漠然肿胀的眼睛

将自己封闭在狭窄的一个走廊里

出门，出门，唯一的可能　七尺之躯

站在村口，三根火柴，光的秘密

作为我们前进的路标和象征

将一滴眼泪封存在记忆里

与双眼里一再回首时的油菜花

将一个很小的愿望融入血液

作为我们摆脱贫困时穷人的希望

我知道死亡是一种秘密，不言而喻的
死亡是一次面向土地的讼诉　是另一
场爱恨情仇的终结　是血肉分离的
一次解体是献给穷苦的鲜花　是一次
在灰烬中灵魂分娩　人的赤身裸体
我见识过的死亡，那些因爱而死的人
那些因贫穷而死的，那些因患病而死的
那些因囚禁而死的，那些注定要死的守
口如瓶的死和曲解生命本质的死和
正常死的人和可见的复活者的死
日复一日，年复一年，冥冥的落叶一地
常态的生，平凡的活　风中的明月
即使有了非洲的蚊虫飞舞以及……
二十四个节气中，每一个节气一个瞻眺
化作我们行动的指南　言行一致
穷其形，尽其相，那一处深，那一处浅
纤夫的号子一种超越的声音
怒放着坚毅，盛开着忠诚

关于死，我还能说些什么，在你还活着
眼睛里的黎明或是眼角处的滴泪
风中的语和风中的旌旗伴着风尘
你留恋的大好河山，道路正在死去
无限感慨的土地，这灼热的国土
化作青春的祖国充满有了希望的爱
为穷苦的人民重新怀抱希望
处处留下你不眠之夜的絮语
兑现麦穗的芳香而献出身体
生于斯，长于斯，死于斯
斯于沉默的大山和弯着腰的稻谷
和脚下的土地和庄稼一起生长

一起养育活着的人们和人们心中的你
你给予了大地的敦厚和营养生长谷场
就像你的身体仍然活在土地里
化作大地的泥土离百姓更近
你是想把你的心和大地的心粘连
犹如鱼儿离不开水的深情

我现在，开始谈生，感悟活着
人和人真的没啥区别，日常的日子
像从头顶上飘落下的一片片树叶子
你知道日子多似树叶也有许多迟滞
我将诗词化作岁月的忆者以桃花倾
听科尔沁草原上奔跑的马蹄声
如天山明月下七剑四射的寒光
我仍然活着，活着一颗活着的心
为所有活着的人和已经死去的人
为许多死在人世葬在空气中的人
并为所有人的一切慷慨大方
直到没有人懂得贫穷且富得流油

我在睡梦中醒来，一眼的风景
风景如画，你如画一份甘露
我在今晨看昨夜里的月光
凝视北方流转回还的青春岁月

一座村镇、一座城镇、一座城市
都是一盏灯、一声笑、一个空间
让贫穷的孩子们在睡梦中吃爱吃的食物
包括一碗红烧的牛肉面
这抵得上印度一夜的旧纸钞
一群人的喧哗和熙熙攘攘
为了更多的穷人强烈的爱
像大禹治水，像女娲补天，像后羿逐日

只是为了人类共同的一个梦想
贫穷啊！你滚蛋吧！你究竟能穷到什么程度？

贫穷，一种疾病，附在人类嘴巴上的
有关精神的物质的细胞，首屈一指的
成为一切人类国家的道义目标
有关一切的贫穷，一片荒芜，一片废墟，一次冰冻
黯然失色的瓦砾　冻僵的舌头早已冻烂的脚
忙忙碌碌的人从未找到过时间的人
一次有关饥饿时嘴巴上的缄默
一次对贫穷的诊断新鲜的一把黄土
物质的蜕化变质，芸芸众生者实惠和享乐
可以寄生的贫穷，一次生长和一次衰败
在贫穷的夜晚与土地一起沉睡
我能够听见压在他们胸口的全部黑暗
他们懦弱而又固执地诉说一顿热乎的饭菜
和一群孩子的悲戚目光和恍惚神情

请和我们一起去关照、关怀、关切
那些生活在大山里的贫穷的人
关心他们的孤独和寒冷
让他们吃上一口热乎乎的精神食粮
一盏灯下，影子里的我
穿过透明的空间，一团雾
胸口堵得慌，门口的鸡血石
现在，我走进祠堂，点一炷香
沉默寡言的祖先们，肖像前鞠个躬
我的母亲依旧那样笑着给
父亲点上的一支香烟
现在，我回到书房里
许多的灵魂在飘
又在我的胸口沉寂
从我的眼睛里跳进铺开的纸张

变成一张张鲜活的脸
一字一句地交织出思想的言语
关于贫穷，以什么形式生长，存在
物质的、肉体的，挂在眼前的渴望
精神的、心灵的，写在纸上的教育诗
我们说："吃饱了肚子再说"
我们说："穷则思变，变则生动"
打开思想之门，透进阳光
以开放种下一颗教育的种子
曾经的识字课本，脱盲的油灯
用珍贵的汉字写出自己的名字
走出指纹的命运　跳出暗无天日的岁月
证明教育是国家的使命史诗
人类摆脱贫穷与贫困的力量

我继续坐在那里独自沉思
而那里是虚空的，那里是空洞的
那里正被它们的灵魂所占据
那里是河流，是山川，是塬上的一朵花儿
那里是被时间阻塞了的时间
是正在路上的另一次梗阻
是打了折扣的一缕光　佛的
是一次青果不甘的陨落
是印象里没有了记忆的兄弟幻象
那里正坐着的人正是他们的化身
一个与我一样的沉默的人　献上
勤奋的俭朴的勇敢的执着的勇于牺牲的人生命

我继续坐在那里独自沉思
我很早以前就已经享受着孤独
在夜幕降临，在沉睡之后　千万的人
没有人，没有声音，灯光会照在身上
我忠于这样的孤独并　寻觅

保证言语的真实性——刻字印刷
生命的本质是精神的孤独
可以穿过身心，过滤头颅里的东西
从而全心全意地保持并专注目标
在孤独中铸造钢铁的长城
在孤独中绽放灿烂的红花
在孤独中沉思一同盛开

我带着光荣的梦想透明的光亮
沉睡于飘落大雪的苍茫
像梦一样越过一片沙漠和一叠山峦　一片海洋
在那些记忆的土地上沉思
化为碎片的感召　青草弥漫
固然，唇齿间的饥饿，肩上的贫困
有害于背信弃义加骤　心碎
但是，那不是一片死海，头脑的智慧
有利于信念意志坚定　新苗正在生长
喀斯特地貌就是大片的草原
黔西南及云贵高原就是遍野的三角梅
还有一座大山眼睛里的蜜蜂
和大地所蕴藏的承载一切的心
让彼此更加亲切贴近大地的心
以成全一颗人心里的故土难离
坚守脚下的每一寸土地
不能从一颗人心里失守
便是心与心的厮守的也是心愿的
是谦卑地献给和拥有的爱
是双倍的爱的教育

今夜，夜光中我的酒杯里
斟满了来自1800年年底种下的一棵葡萄
风土与人情和这充满魅力的水珠
一瓶1999年代的张裕赤霞珠——一杯中国红

长城下的葡萄，相思的女儿红——一杯沙地
葡萄的宣言——让我们爱上葡萄酒的葡萄
葡萄酒的遗产——风土的复苏——土壤的产物
迷人的风，葡萄的语言——葡萄酒的密码
千千心中千千种，悠悠地，漫不经心在
长城脚下的公社在人民心中
火焰山下的吐鲁番在生长葡萄
赤霞珠的一整片夜晚
沁凉犹如坎儿井的地下泉水
请吧！请干下这双杯！

颂歌

一切生命岁月里的歌

穿过走廊，从西到东，从北到南
我正在走向遥远而又平静的另一个国度
古田诗人黄维文写给：一个诗人的
你从西北以北的秋天走来，风尘仆仆
穿越千山万水来到江南的一个小旮旯儿
就在戴云山下的庄里，看望一位刚刚离
开人世的农民英雄，庄里村的好书记
周炳耀以及生养他和乡亲们的山坡
土地，你理解辽阔并拥有胸怀，感
知沙漠的气息，你更了解一场台风的性
情，你懂得大难的中流砥柱，也更像呵护
苍天下的勇士，你以你广漠的诗歌
颂扬了祖国天空里的流淌的慰藉　你深
入到了一个民族的心灵里，看见了祖国的
未来，从七〇后乃至九〇后，有一个百年的
梦想的翅膀，你为他们唱响了江山社稷
你用心灵唱响了诗歌的灵血，也再一次
颂歌了英雄的洪荒之力……

我从我走过的地方面对太阳的光环
在圣坛面对自己早已颤动不已的心灵
一代一代的一次一次的传承的号角
清风中吹拂撩动着大地正道正义的内涵
从现在的现在开始　我在中央的山巅
我理所当然地颂歌　念念不忘的大地
曾经弯了腰又挺起来的脊梁
我含着笑的眼泪听那
生生不息的浪涛颂歌：

力量的源泉　来自初心
跳动的血脉　至诚的皈依
盛开的花朵　怀抱琵琶
飞翔的翅膀　人间的三月
我在我走过的大地上在阳光下晕眩
为倒下的英雄们献上一束百合花
在子夜里与一株夜来香迎接黎明的到来
我在颂歌的音符里行走
搜集并整理碎片化的时光
遇见小时的春风和微笑的桃花
我用汉语写作诗歌，最初的语言
母体里已有的声音从未忘却
我的嘴唇依旧闪烁着泥土的芳香
在我有限的生命的岁月里早就落定的歌

我的祖国，泱泱大国，五十六个民族的大家庭
有十三亿的人口，有人民的声音
我们懂民族的情，知民族的义，天经地义
我们能闻到整个民族的气息，一碗水饺
送东家送西家又敬献给我们的先人，习惯而自然
尽管我们的快乐有些微不足道
但，我们能够战胜一切的艰难困苦
我保持这样的心态，坚定这样的信念
是因为我们有着不忘初心的信仰
一起去实现我们的梦想
一起去摆脱我们的贫穷
一起去畅想我们的百年
一起去树建我们的品德

我的记忆中葬下了太多的亡灵的身躯
我的生命中结识了更多的鲜活的生命
也有过独自迁移，独自流泪
有过呐喊，有过在冬至里的号啕大哭

地震、冰雪、冻雨、饥饿、洪水、贪婪、损害、仇恨
我们的人民以信仰的力量将一切扛在肩头
捍卫我们祖国的也是民族的尊严

我行走在我正在行走的祖国大地
在伊犁河谷的草原上，在黄土高坡的枣园里
在太行山上的密林中，在连绵不绝的山峦间
在无垠辽阔的海岸边，在白雪覆盖住的
松花江畔，在坚硬的石头上
在摇曳着金色麦穗的中原大地上
到处都是我们的人民在建造自己的家园
心中揣着对土地和家园的情愫
记录下记忆中大地的目光

我穿过栅栏，看见篱笆墙的影子
穿过攀枝花的当空
在开花的那棵树下寻找果实
耀眼的光线穿透一棵小草
穿过我内心所有的思念
如一片落叶在大地上飘荡
而我将紧紧地贴在我所热爱的大地上
捧着一个被冻僵了的生硬的土豆
我闻到了天空中飘过来的气味
我依旧固执地守望着这一片飘着
炊烟的草牧场和沙沙作响的土地
以及闪闪亮亮发光的麦浪

我穿过我自己的影子穿过眼睛里的沙粒
沿着山村的道路，脚步的和一棵樱桃树的
声音又穿过种种障碍和天空的羽毛
穿过正午和午后的空气里的岩石
带回一份遥远的呼唤和守候的目光
或又在心中，在怀里亲吻鲜血的秘密

荡漾一股浓郁的芳香化作嘴和乳汁

你在，你们一直都在战斗

一直到了五月花盛放在秋日凋零
流尽了全部的汗水流向你的身躯
像雨一样随意流向你的家园
直到农历十月初一的雪花飘落
让风吹过　让风撕碎月光下
一只羔羊的契约，让风吹响
会师中学管弦乐队奏响的乐曲
一片天山脚下博格达的童话里
如羽毛的雪花，细小的忧伤
非凡的锦缎，华丽的转身
天使的翅膀，羽丝的飘动
有人在问："你去了哪里？"
一个人穿过大地的门，一个日子
更加迷离的天空，天地
间的界限，人间的天堂，落
在我视野里的苹果和失眠后
醒来的土豆和一次怀念的情绪
你在，你一直都在，如一片叶、一滴水
在我经过后的乡村犹如你的呼吸
在星光下眷恋着热爱的大地　与乡土
一起生根、发芽、开花结果，一起入睡

回眸时，那人间的点点灯火
我穿不透的阑珊处，记忆的墙
滞留住我熟悉的悲伤或欢乐
以及掉落在大地上的一片片树叶

你在，你们一直都在　河岸巡行

你们的脚步会继续跋涉永久往返

和千万个脚步和日月一起穿梭

在这摆脱贫困，实现小康的道上

带着许许多多期待的目光无穷尽地

行走在这条漫长而寂静的路上

踏着已知的落叶和沉默的山石

坚定地融入前进的人群中

和无数千千万万的同志们

在目标一致绝不回头的道路上

在精准扶贫的攻坚战斗中

在已吹响的号角声中意志坚定

紧密团结在一个核心的周围　辛勤耕耘

迎接已在东方升起的太阳更加光芒万丈

你在，你们一直都在奉献生命

都站在天穹下的大地上流血流汗

干着人类历史上最为庄重恩典的事业

以继续的行进以基石，充实大地

铺向通往小康的大道，从贫穷到富有

你在，你们一直都在祖国无限馨香的

广阔的田野上行走穿梭赤身行走

爬过一个又一个的黄土高坡

跨过一道又一道的沟沟坎坎

已用生命展示了奔向小康的路径

身体力行以生命鼓舞斗志

以永不变色的圣洁意志

你在，你们一直都在战斗为矫健的少年

为县委书记而作……

红旗飘扬在天空，他们紧握住拳头
庄严地宣誓，太阳的召唤
他们像战士一样冲锋在前
他们和其他的老百姓一样
他们必须默默隐忍孤独战胜自己
这些最基层的领导者们牢记教诲
他们不能有错，不能无能，不能无德
他们深知，百姓的一切为一切的人干好工作
我所知道的他们是一群白加黑 5+2 的奋斗者
像蜜蜂那样筑巢，建设新的小康家园

他们是天底下最接地气的官
他们身上沾染了那块土地上的色调气息
他们的长相越来越像家里的牛羊
他们知道家长里短嘘寒问暖
他们在现实的实践中寻找真理
他们必须是智慧的人，是厚道的人
是无畏者，是勇于牺牲，敢于担当的人
是对百姓生活满怀关切的热心的人
他们日日夜夜在乡土里行走，在百姓中
穿梭在大大小小的事务中奔忙
里里外外的事儿都得搁在心底里
他们得跟兄弟们说掏心窝子的话
他们的路既宽又窄　又要行端走正
他们是封闭者又是开拓者更是建设者
任何时候都不可以困惑、恐惧和贪婪
和百姓们一起劳作，一起说话，一起走路
和一个卑微的放羊娃一起唱歌
帮助他拾掇死于意外的一场冰雹中的羔羊
为天下穷苦百姓口齿间的快乐找到自信
能够创造，能够表达，能够选择，能够实现

一刻不停地将百姓的希望变成自己最大的利益

对一切的老百姓，一往情深，他们当官

不是为了官大权大房子大钱儿多

正如一片蓝天一片白云，唯其如此

才能拥有他们内心自由的意志

他们的愿望：愿与百姓们一起共有

这是亘古不变的由来已久的岁月教诲

对他们而言，非常重要的是

总会在关键时刻，紧要关头，挺身而出

包括战争年代的血腥时刻

也包含和平时的常态

他们是最最懂得敬畏生命的人

因此他们的生命会变得更加美丽

才会在大地上与所有的生命相依相伴

他们的愿望为百姓而生，没有恣意

伟大祖国的大地上，辽阔的天穹下，明月

俯照着正在承受着天下百姓的苍生

生活正在改变，岁月还要继续

他们永不停止，永不止不歇，永不消沉

我为他们所做的一切以诗歌见证

他们是地球上最谦卑的人

他们是最终能坚守、坚定、坚持的生命

他们是将生命呈献的另一个生命

他们是百姓当中最为振奋的力量

他们是欣然受命临危不惧的力量

他们是天下百姓们力量的源泉

也是人类生生不息的源泉

是至高无上的顶礼膜拜

他们当中没有谁能会骗过自己

我想研究他们，探索他们，以群众的身份

我想知道为什么，他们的心中不落的太阳

如我正在坠落的时刻冉冉升起
我也愿意为他们献上我自己的生命
一个诗人一生的唯一的一次冒险
或者更愿意以友谊和他们缔结更为远大的抱负

他们在改变观念，在锐意创新，在只争朝夕
他们以最大的勇气坚强的意志持久战斗的能力
先于转变他人之前转变自己
并告诫所有的和他们一样的人
以牺牲的精神建设伟大的宏伟的平凡的人生
死去的生命在泥土的芳香里复活
以最高的标准将自己称量
以最为天下之先的勇气和
言行举止和坦荡胸怀担当使命
保持相对的沉稳和固有的根子
以心灵向大地上的人民致以恩典
以便激发多样性的那些生命中的精灵
以便鼓励我们攀登意志的高峰
他们天荒地老，精力充沛，斗转星移
他们富有魅力，迸发斗志，彰显光芒
这是他们的职业也是职责所在
因此他们理所当然地汇集一切力量
赢得胜利的果实和信仰的一切
因此，成功地恢复元气
且是不间断的连续性的大地上
的一切生命之中的孕育

他们举着火把，前赴后继以血肉之躯
为人类的梦想点亮思想之光
他们明白不言而喻的默契
他们内心的深处，他们深知
爱是由苍生而生因族群而爱
并不取决于一个个体的中庸之道

他们爱憎分明　呕心沥血
并以井然有序的步伐另一种强度
发出共同的声音充满人寰
他们和老百姓和所有的伟人并肩作战
为天下的百姓允诺下　2020 年　兑现
全面实现小康，一个家庭、一个国民都不能落下

我因此写下一个诗人的言辞
以诗歌款待深情厚谊的他们
以慰藉记忆中念念不忘的他们
我写下一个诗人对他们的敬重之情
向百姓们传颂这个时代沉着的气质
炽热的爱和足够的力量
迎接终将得以实现的中华民族复兴的中国梦

伟大的时代，高处的清风
更为辽阔的思想之帆共同的风帆
以生动的风姿飘过祖国的天空
飞向更远更深的宇宙
非同平凡远大的高度

伟大的时代，正义的荣耀
从莲花山到杨家岭再到凤阳小岗村
源自我们早已知晓的血统
熟稔先辈的古老梦想
引领我们向着蔚蓝前进，向前进

伟大的时代，梦想的荣光
吹着大地散发芬芳的气息
用脚步丈量绿色的时间和
金黄的麦田和雪白的禾穗

伟大的时代，景色高远

蓝天、青山、绿水、和风、丽日
我们携手创造美好的小康家园
已到了光荣与梦想该实现的时刻
千百年来，人类的星空，一切的仰望
不仅仅只是闪耀　还有希望
一步步走来，一步步迈向　仁慈
让贫穷、贫困不再存在　古老的大地
当我看到大地和劳动的儿女后
美好的日子从此在劳动人民的血液中
以热情以伟大时代的心灵之光实现小康
以通红的初心实现两个百年的恢宏目标

光荣与梦想（代后记）

时间是凝滞的，是流动的。是新的时刻，也是古老的一次次张望，它挥霍了一朵玫瑰，造就了种子和果实。它密织黑夜的恐惧，策划了光的黎明。它淹没一切也呈现一切，它在我们的指缝里流逝，疯长了指甲。它一点一滴地在我们身上汇集、凝结，并非长河。那些时间的细胞会疯长，会破碎会凝固也会死亡。时间终将是刻录在墓碑上的一行墓志铭。于是，时间便成全了我们全部的记忆，从清晨到黄昏，我们在大地上劳作并繁衍生息，正如时间永不停息。我们在时间里传承，只因一个个梦想，寻求真知，寻求慰藉，记忆中已经存在下来的或是刚刚隐约闪烁着的。

因为听到了一个声音，肺腑之言，是虔诚的情怀。

提出了中国梦，现实中的问题，实现小康，说出路径："一带一路"。那么，我们剩下的就只有时间，以行动满载着分分秒秒，实现我们的梦想，在现实的光荣里用它来拯救我们自己。于是，我想到了诗歌，如果诗歌是可以造就一粒梦想的种子，那么，我将愿意勤奋地耕耘，并在那里为一切的梦想与心愿祝福。

关于中国梦，无论它是绚丽或有困顿及贫乏，但，它都包含着人生的不可或缺，它会留下一种颜色，一种音节，是过往的或是我们正在想到的，所思的。梦想便是我们不曾遗忘的过去和憧憬中的未来。梦是我们日常生活中的快乐，这种快乐是一道光，是与我们生命相生相伴，是一种幸福。如果我们没有梦，便是我们对生命的遗忘，因此，我们尊重所有的生命，并保留梦想，并将梦想寄托在我们已有的和正在拥有的生活里。我因此写下的诗篇便是梦想所赐予的记忆，如一道光，照亮了过去，彻照了未来。

无疑的，中华民族五千年的历史是文明的，中国人民谋求幸福的梦想是朴素的。在探寻中华民族伟大复兴中国梦的路程上，混合重叠了中华民族多民族的多样性、多重性，以及相对的复杂性。但，无论有怎样的矛盾，多么不符合情理。但，中华民族都做到了极致，至少，仁爱极致，善良极致。因此，中华民族、中国人对人类的文明进步贡献良多。当我沿着中国梦的路径、方向继续前进，向着高处，向着远方，向着痴迷，一切扑面而来，一切的跳动沸腾整个灵魂，如展开飞翔的翅膀，犹如一个生长新牙的儿童，痒痒的、痛痛的……

我因此感谢中国梦，感谢这个有十三亿之多的人民所共同的伟大梦想，为了实现这个梦，它就需要我们每一个中国人，为了梦想，不止于梦想，更需要坚定我们的信念。为了古老万象的不朽因果，为了曾经的战火的辉煌，为了桃心檀香，为了白面馒头和盐巴，为了玫瑰和爱情，为了上有老下有小，为了 1949 年天安门升起的红太阳，为了那些大山里的孩子们，为了嫦娥奔月，为了汶川和玉树的一次蒙难，为了那些坚忍的骑士们在草原、在平原上的黎明，为了蔚蓝海洋的扬帆远航，为了净化雾霾的天空，为了 2020 年全面实现小康的誓言，为了大地的青山绿水，为了雄狮醒来的清晨，为了两个一百年的理想，为了没有农药和化肥残留的舌尖上的味道，为了一盘象棋、一串麻辣烫，为了消除害虫，为了传承下的习俗与美德，为了正义和勇敢者，为了中国哲学与诗歌，为了每年六月七日的青春梦想，为了鲁迅的呐喊，为了清晨骑上共享单车，为了祖国繁花似锦的江山，为了每天会有的生与死、聚与散，为了把沮丧洗掉换颜而保持自信，为了不迷惘、不悲观，为了找到渴望的希望见到的人，为了光荣与梦想的时刻，为了精神和思想飞跃，为了中华民族古老纯洁的语言，为了鲜艳的五星红旗，为了广场舞、为了社区的健身器材，为了 2017 年，古老文明在"一带一路"上把人类的共享的福音传递给左邻右舍，传向远方，为了平平安安出门，平平安安回来，为了一套九十九平方米大的房子，为了孩子们的梦想的星星，为了2014年写下的颂歌，2015年写下的赞歌，2016年写下的赞美诗歌。

中国梦，这个真实而幸福的时代之梦，使我保持了一个诗人对他所热爱的伟大祖国、伟大人民在伟大心灵指引下，实现中华民族复兴的渴望。作为时代现象的表现，它唤起我们的激情，无论是对什么人，中国梦都不是一个空洞的梦。我是说需要"良土"来滋养。在伟大时代汹涌而来时，试想：如果葡萄失去了风土，我们还能为这个伟大的时代献上一杯美酒吗？因此，果实离不开土壤，须有我们辛勤的耕耘、精心的呵护。如今，我们生活在一如葡萄与美酒的时代。我们还会怀疑吗？而且我们更应当相信，这杯酒，可能是我们整个中华民族难以想象的、更为甜美的一杯美酒。到时，山花烂漫，我们开怀畅饮。

每一个时代都有自己的声音，它将在那个时刻发出普遍的和个人的共声。它既是现代的，也是传统的。它是我们贮藏在内心深处的产物。在我看来，诗歌的责任便是将已久的深深感受到的事物呈现出来，以便唤醒我们身体上还潜在的激情和某些力量。一个人身上的，一个由父母妻儿组成的家庭的，一个由许多个家庭构成的国家和民族的、活泼的、自由而熠熠生辉的。从而更为具体生动展现中华民族的性格和心底所热爱的祖国理想，从祖国的精神那里获得信仰。

诗集《中国梦》，是在经历了我们正在经历的这个时代的过程中所表现出的、唤起的一种热情与激情。它既是一次摧毁又是一次重建，甚至是时代呼啸穿梭的经历。我自己是个农民，我的祖辈们也是农民，我依旧看见自己穿行在农田、森林、草原，也穿行在满是雾霾喧嚣的街巷，所有的梦在那里造，在那里实现。耳闻目睹中华民族复兴的光芒和炽热的民族精神，听到了真实可信的声音，不是口号，而是令人感动的真实行动。是亲切和善的声音，是铿锵坚实的步伐，高贵而刚正不阿的姿态。这个声音与土地那么的亲近、实诚，那么让人浑身震颤，将极大地鼓舞人民成为更加善良、更加充满活力的人。

诗歌可能存在的进程，几乎不用多讲，我们的现在和曾经的过去。大家也都清楚，当下的我们，我们的生存状态、生活方式等等下的我们，或者成为现代的，也就是当代的，成为当今社会中的一员。这是我们的命运，无法回避的、扑面而来的一个命运。没有人可以脱离这个属于我们自己的时代。

令我吃惊的是，在过去的三十年，中国诗歌几乎没有丝毫革命迹象，无论是语言的还是政治的。我很少有读到过触及政治方面题材的诗歌。令我更为吃惊的是，当提及政治抒情诗，或与政治有关，许多人的脑子里都怕触及，或者认为是"迎合"，是"拍马屁"，甚至夸大到"自己只是吃西瓜的群众"，或者把自己看作是具有某种特权的"精神贵族"。我个人认为，中国诗歌正是缺失了诗歌本身的精神，"空"到了"虚空"。从某种程度上，或者从诗歌艺术的角度上说，是不诚实的。我还认为，诗歌不是预言家，诗歌或是创作诗歌的人实际上是自身实体与社会的参与实践的扩张，如果连革命的思想都没有了，那么语言的革命也就不存在了。诚然，中国诗歌在感觉上的"萎缩"与"金钱"化的商业困扰、物质上的扩张有关，但这也只是商品化的外向运动而非思想的内向运动，中国诗歌并未参与到这场运动中。所以，当今中国的诗歌被遗忘了，至少，被边缘化了。我还要认为，诗歌需要一种态度，革命性的态度和语言上的态度。最后我要大声地说：中国的诗人们，请以诗歌的伟大力量，向我们的国家献上理所应当要献上的诗篇，在时光的丝绸上书写中华民族健全的汉语诗篇，这将是献给伟大祖国无上的礼物。如果我们做不到的话，那么我们就没有加入到意义重大的中华民族复兴伟大中国梦的进程中去，正如米兰·昆德拉所言，生命中不能承受之轻。还如洛尔卡所言，生活不是梦。

愿每个诗人都去赞美、颂歌那些与他自己相向而行，相亲、相近、相爱的事物。

如果谈到我自己，过去的、现在的和创作时的我，我总是把自己搁在最现实的现实当中，以充满理想主义的情怀囊括一切，有热情也有悲情，在多变的表现中，斗胆让自己皈依在蕴含着诗意的先辈们的思想中，以日益被忽视的文学种类——诗歌，表现对这个时代的渴望与复杂情绪。这是一场旷日已久后的爆发，有兴奋也有渴望，有痛苦也有欢乐，全部的情感都源于我们所经历过的各时代以及不朽的中华民族。内心会泛起对过往岁月的怀念、对遥远青春的思念、对幸福时代的赞美、对卸掉沉重的轻盈。

清晨的阳台上，一只鸽子落下，一只喜鹊喳喳鸣叫着落在千年的银杏树上，新的一天，在渴望的睡梦后开始。诗歌赋予了一种柔情的特权，使我能够书写如今捧在我心里的梦想与光荣，一如既往与心灵交谈，追赶梦的灵魂，一切的一切都会从心灵那里滚滚而来。

因此，我感谢诗歌。感谢我们所处的这个伟大的时代。感谢我的国家，给予我用汉语言写作诗歌的土壤。感谢祖国人民给予了诗篇丰富的营养。

致谢辞

　　从 2014 年创作《中国梦》开始到 2016 年年底完成《小康》，期间创作了《一带一路》，三部作品一直保持了它的主题思想：以诗歌的形式、诗人的激情，侧重表现了我们所处时代，中国人自己的梦，中国的精神，中国的道路以及实现全面小康、实现中国梦所付出的一切努力。本诗集《中国梦》结集出版，是在《中国作家》已发表的作品基础上进行一次序列组合，以感觉更为统一完整，以"共同体"的方式将我们所处的这个时代的精神彰显。或者，让人们倾听我们这个时代的诗歌，源于心灵深处的乐章。以渴望的，行动的，追求的激情，实现更为美好的明天。

　　本诗集是应时代之大背景进行的一次先锋性的出版面世，它展示的不仅仅是一个诗人的面貌，更是我们这个汹涌澎湃的整个时代。诗集的出版，是让更多的人去倾听我们这个时代的诗歌，是充满活力，充满渴望，充满炽爱，充满情感。是主题鲜明的和声，这种情怀是所有中国人的，是所有追求着更加美好生活的人民的情怀，是中国人追梦的声音。出版这样一本诗集更高超的现实意义在于，激发起人们的梦想之花、之火，把人与人之间已经丧失了的连接以及人与永恒连接，并在中国人的精神世界里将它重建起来。

　　如果谈及感谢，应在 2014 年 7 月完成了《中国梦》第一部诗歌——《一个人与一个民族的梦》之后，《中国作家》的总编王山先生将诗歌发表在了 2015 年《中国作家》第一期上。2016 年刊发了《一带一路》，2017 年刊发了《小康》。

　　需要感谢中国作家协会创研部，《文艺报》《中国作家》为作品召开的研讨会。感谢参会的领导和专家：李敬泽、吴义勤、韩子勇、庞井君、施战军、商震、徐可、姜念光、刘琼、李建军、王山、叶延滨、张颐武、刘汉俊、何向阳、刘玉琴、刘立云、彭学明、邱华栋。特别感谢吉狄马加亲自为这本诗集作序。感谢作家出版社总编辑黄宾堂。

　　我感动并骄傲的是能与各位先生在这个伟大时代里，缔结更为深厚的友谊。因他们，我可以夸耀诗歌，也由衷地感谢诗歌将我们凝聚在一起，并在诗歌中像花儿一样开放，像孩子一样欢笑。

图书在版编目（CIP）数据

中国梦 / 辛铭著 . -- 北京：作家出版社，2017. 8
ISBN 978-7-5063-9670-7

Ⅰ . ①中… Ⅱ . ①辛… Ⅲ . ①诗集 – 中国 – 当代 Ⅳ .
①I227

中国版本图书馆CIP数据核字（2017）第214594号

中国梦

作　　　者：	辛　铭
策　　　划：	王　山　黄宾堂
责任编辑：	罗静文　张　平
装帧设计：	意匠文化·丁奔亮
责任印制：	李卫东　李大庆
出版发行：	作家出版社

社　　　址：北京农展馆南里10号　　　　邮　　　编：100125
电话传真：86-10-65930756（出版发行部）
　　　　　　86-10-65004079（总编室）
　　　　　　86-10-65015116（邮购部）
E–mail:zuojia@zuojia.net.cn
http://www.haozuojia.com（作家在线）
印　　　刷：北京通州皇家印刷厂
成品尺寸：165×260
字　　　数：190千
印　　　张：16
版　　　次：2017年9月第1版
印　　　次：2017年9月第1次印刷
ISBN　978-7-5063-9670-7
定　　　价：79.00元